Welpenfieber

Christine Alder

Welpenfieber

Wie ich Mitglied im "Zwingerclub" wurde

Bibliografische Information der Deutschen Nationalbibliothek:
Die Deutsche Nationalbibliothek verzeichnet diese Publikation in der Deutschen Nationalbibliografie; detaillierte bibliografische Daten sind im Internet über http://dnb.dnb.de abrufbar.

Korrektorat: Jonas Alder

Herstellung und Verlag: BoD – Books on Demand, Norderstedt

ISBN: 978-3-7504-2184-4

Für Lilli, unser „Mama-Girl"

SEPTEMBER 2014

Es ist entschieden: Wir werden Eltern. Allerdings werden wir mit fast 50 beziehungsweise 47 weder Eltern eines eigenen Babys, noch haben wir uns entschieden, ein Kind zu adoptieren. Nein, wir haben beschlossen, mit unserer Golden Retriever Hündin Lilli Welpen zu bekommen. Und diese Entscheidung zu treffen, war fast genauso schwer, wie eine Adoption auf den Weg zu bringen. Da unser Hundemädchen über hochrangige Papiere verfügt, lag es für uns nahe, auch die Welpen mit entsprechenden Papieren zu versehen.

Nun ist die Hundezucht in Deutschland eine Wissenschaft für sich und als blutige Anfänger werden wir uns wohl das eine oder andere Mal „die Schnauze stoßen". Aber entschieden ist entschieden und so begeben wir uns gemeinsam auf den langen Weg durch den „Behördendschungel".

Wir finden heraus, dass Lilli zuchttauglich geschrieben werden muss. Dafür muss sie auf einer Zuchtverbandausstellung vorgestellt werden. Zum Thema Zuchtverband sei angemerkt: Es gibt in Deutschland Unmengen von Zuchtverbänden. Zunächst gibt es die dem VDH angeschlossenen Verbände. Die Abkürzung VDH steht für „Verband für das Deutsche Hundewesen e. V." und bezeichnet einen Dachverband von 175 Hundezucht- und Hundesportvereinen mit mehr als 600.000 Mitgliedern. Dann gibt es noch die Zuchtverbände, die nicht zum VDH gehören.

Diese sind sehr unterschiedlich organisiert, haben aber auch strenge Satzungen, was die Hundezucht angeht. Sie regeln (mal ganz einfach ausgedrückt), welcher Rüde mit welcher Hundedame Spaß haben darf und ob die beiden auch gesund genug sind, um Nachkommen in die Welt zu setzten. Untereinander haben all diese Verbände allerdings weniger Spaß miteinander und beäugeln sich gegenseitig mitunter sehr misstrauisch. Aber das ist eine andere Geschichte. Für uns steht fest: Wir müssen diverse Gesundheitstests mit Lilli vornehmen, danach kann Madame hoffentlich mit besten Ergebnissen zuchttauglich geschrieben werden und zu guter Letzt muss die Zuchtstätte, sprich unser Haus, vom Zuchtverband abgesegnet werden. Das heißt, es gibt einen Hausbesuch, fast genauso wie beim Jugendamt, um sicherzustellen, dass die kleinen Kläffer auch in einer welpentauglichen Umgebung (gibt es Welpensicherungen für Schränke und Türen?) groß werden. Macht natürlich alles Sinn, wird bloß eine Menge Arbeit erfordern.

Aber wie Lilli sicherlich bellen würde: „Ran an den Speck!"

WIR GEHEN AUF DIE HUNDESCHAU

Was kann man an einem sonnigen Oktoberherbsttag Schöneres unternehmen, als zur Hundeschau zu gehen? Nachdem wir im September freudestrahlend feststellten, dass unser Zuchtverband im Oktober noch eine Ausstellung in Essen ausrichtet, trifft uns jetzt die harte Realität. Sonntagmittag – auf zur Hundeschau. Schlau wie ich bin, habe ich schon im Vorfeld versucht, die Zeit, die wir dort verbringen müssen, auf ein Minimum zu reduzieren. Ich habe also nachgefragt, ab wann denn die großen Rassen gerichtet werden. Leider habe ich die wenig zufriedenstellende Antwort erhalten, dass wir entweder früh am Morgen oder am Nachmittag damit rechnen sollen, dass dies geschieht. Wenig schlauer als vorher treffen wir die Entscheidung, dann am Sonntag – ganz früh am Morgen geht gar nicht – mal so gegen Mittag dort reinzuschauen.

Mit einer auf Hochglanz polierten Lilli, die kein Fan von langen Autofahrten ist, und daher die Autofahrt nach Essen nur sehr widerwillig übersteht, erreichen wir dann so gegen 13 Uhr das Bürgerhaus Ost. Auf dem Parkplatz scheinen sich einige alte Hasen in Sachen Hundeschau aufzuhalten. Mit großem Picknickkorb und dem Hund im geöffneten Kombi-Kofferraum wird da erstmal Mittagspause gemacht. Wir treffen auf dem Weg zum Eingang so ziemlich alle Größen und Rassen– vom Chihuahua bis hin zum Rhodesian Ridgeback ist alles vertreten. Drinnen sind im Foyerbereich ein paar Stände aufgebaut, aber ich dränge meinen Gatten Ian zur Anmeldung. Je eher wir uns hier anmelden, so meine Hoffnung, desto eher sind wir fertig.

Bei der Anmeldung erfahren wir, dass wir eigentlich die Ergebnisse der medizinischen Untersuchung benötigen, um den Hund zuchttauglich schreiben zu lassen. Ach so… Macht aber nichts, denn wir können Lilli trotzdem heute hier richten lassen, die Ergebnisse nachreichen und sie hoffentlich zuchttauglich schreiben lassen. Aber ohne nachgereichte Gesundheitsergebnisse gibt es gar nichts schriftlich. Der Göttergatte guckt leicht irritiert. Gut, ich bin schließlich blutige Anfängerin und das konnte ich dann auch nicht wissen. Lilli richten zu lassen, kostet uns locker mal eben 90 Euro und wir stellen fest, dass wir so viel Geld gar nicht dabeihaben. Also wird Lilli, deren anfängliche Aufregung über all die fremden Hunde hier und die Stände mit Leckerchen im Foyer allmählich in ein gelangweiltes „hinter uns her Schleifen" umgeschlagen ist, wieder ins Auto verfrachtet, um den nächsten Bankautomaten zu finden. Geschlagene 40 Minuten später sind wir wieder vor Ort und setzten uns in die Warteschleife. Draußen lockt ein strahlender Herbsttag, während wir hier drinnen festsitzen. Dann endlich ist Lilli an der Reihe. Ian und ich sind so aufgeregt wie Eltern, die ihr Kind am ersten Schultag zum Unterricht bringen. Wir diskutieren, der genauere Beobachter würde sagen, wir streiten darüber, wer Lilli dem Richter vorstellen soll. Ian gewinnt. Ich schaue zu. Zwei Damen begutachten Lilli sehr genau. Da wird vermessen, der Schwanz gerade gezogen, die Lefzen hochgehoben. Zum Glück ist Lilli die Gutmütigkeit in Person. Sie wedelt mit dem Schwanz und freut sich über die Aufmerksamkeit. Da unsere Hündin auch nach zwei Jahren noch immer nicht gelernt hat, vernünftig bei Fuß zu gehen, artet die Vorstellung des Hundes an der Leine in ein mittleres Chaos aus. Wo auch immer Ian hingehen will, Lilli entscheidet sich definitiv für eine andere Richtung. Hier gibt es wohl einen Punktabzug. Die Richterinnen schreiben eifrig etwas auf einen Beurteilungszettel und schon sind wir fertig. Lilli hat laut deren Aussage mandelförmige Augen. Für mich sah sie bisher ein bisschen wie ein Hund asiatischer Herkunft aus. Aber so lässt es sich natürlich auch sehen. Ich bin glücklich und will nur noch nach Hause, aber Ian hat Feuer gefangen. Wenn wir Lilli hier noch einem weiteren Richter vorstellen, bedeutet das mehr Beurteilungen und folglich auch mehr Möglichkeiten, mit ihr anzugeben. Außerdem gibt es ja auch noch einen Pokal. Also wieder hinsetzen und warten. Ich gehe nach draußen, um wenigstens ein bisschen Herbstsonne abzubekommen und lande neben einem Riesenhund, eher ein verkapptes Minipony, dessen Rasse mir unbekannt ist. Der Besitzer stellt mir stolz seinen Hund vor, den er als Deckrüden anbietet. Während er mir all die Vorteile seines Riesenbabys aufzählt, stelle ich mir vor, dass bei einem solchen Bild von Rüden die Hündinnen vor der Hundehütte Schlange stehen müssen. Auf meine Frage, wie viele Hündinnen er denn schon beglückt hat, schaut der Gute ein bisschen peinlich berührt und sagt: „Bisher noch gar keine…". Aha, wieder was dazu gelernt. Ein schmucker Rüde bedeutet noch keine erfolgreiche Deckung.

In der Hoffnung, dass Lilli doch bald dem nächsten Richterpaar vorgestellt werden kann, gehe ich wieder rein. Ich schaue alle Richter mit bettelnden Augen an. Das habe ich von Lilli gelernt. Die Stirn ein wenig in Falten legen, grooooße Augen machen und den Kopf leicht schräg halten – wirkt immer. Endlich erbarmt sich ein Richterpärchen und lässt uns vortreten. Jetzt darf ich die Leine halten. Wieder messen, ziehen und eifriges Geschreibe. Lilli hat das Zeug zum internationalen Champion, steht da. Ian hält den Zettel andächtig fest. Wir bekommen eine Nummer – wenn die durch die Lautsprecher tönt, gibt es Pokale. Ich gehe nach vorne zur Bühne und sehe Unmengen an Pokalen hinter dem Vorhang. Jetzt weiß ich wenigstens, wofür unser Geld angelegt wird. Auch hier heißt es wieder warten. Schließlich reicht es mir, ich gehe nach vorne, zeige unsere Nummer und – oh Wunder – mir werden zwei Pokale in die Hand gedrückt. Ian, jetzt stolz wie Oskar, drückt mir Lilli beziehungsweise das Ende der Leine in die Hand und es geht ab nach Hause. Vorher kaufen wir im Überschwang der Gefühle noch ein Stück Hirschgeweih für Lilli, angeblich der letzte Schrei in Sachen Leckerchen. Das Zeug gammelt jetzt irgendwo im Garten vor sich hin.

Zuhause werden Lillis Pokale der Familie, den Nachbarn und allen, die es sehen wollen – ebenso wie allen, die es nicht sehen wollen – vorgeführt. Jetzt hat auch mich das Pokalfieber gepackt. Natürlich verschweigen wir, dass wahrscheinlich jeder Hund dort einen Pokal erhalten hat. Alle sind beeindruckt von Lillis Trophäen und das zählt doch am Ende.

Lilli hat den Tag gut überstanden und lässt es sich mit ein paar Kauknochen im Maul gut gehen. Und ab und zu schaut sie auch auf die Pokale, da bin ich mir ganz sicher.

Partnersuche im Internet oder: Wie finde ich einen Deckrüden?

J A N U A R 2 0 1 5

Nachdem wir jetzt schon so weit gekommen sind, ist es an der Zeit, Ausschau nach einem stattlichen Mannsbild zu halten. In Frage kommen natürlich nur Rüden der allereresten Extraklasse. Aber wo können wir einen Rüden der Premiumklasse finden? Meine Suche startet erstmal im Wohnort. Der Loverboy gleich um die Ecke, das wäre doch praktisch. Also quatsche ich ab sofort jeden Golden Retriever beziehungsweise seinen Besitzer an: „Entschuldigung, kann ihr Hund mal eben unsere Hündin decken?" Was für eine plumpe Anmache, aber wir wollen ja weiterkommen. Leider gestaltet sich diese Art der Suche als schwierig. Ein wirklich schöner Rüde ist leider Mitglied im Deutschen Retriever Club und darf satzungsgemäß auch nur Damen aus dem gleichen Verein decken. Schade, aber jetzt bloß nicht schlappmachen und munter weitersuchen. Ich stelle fest, dass es seitenweise Internet-Datingbörsen für Hunde gibt. Es scheint, dass alles, was Papiere und Pokale besitzt, hier seine Männlichkeit anbietet. Wir wollen ja dunkelgoldfarbene Welpen, die sogenannte Arbeitslinie der Golden Retriever, züchten, was unsere Suche schon einschränkt. Außerdem wollen wir nicht bis ans Ende der Welt fahren, sondern schön in der Nähe bleiben. Wir diskutieren hin und her (der nähere Beobachter würde sagen, wir streiten), aber schließlich finden zwei Anzeigen Gnade vor unseren Augen. Eine hier ganz in der Nähe und die andere etwas weiter weg. Nach einem kurzen, eher unfreundlichen Kontakt mit der nahen Umgebung fällt unsere Wahl auf „Galdino, the Great Heartbreaker". Hört sich an wie ein englischer Fortsetzungsroman, aber wir sind neugierig geworden und kontaktieren den Besitzer. Ein erster freundlicher Kontakt ergibt, dass Galdino alle Kriterien zu erfüllen scheint. Ein weiteres Telefonat und ein paar Klärungen später verabreden wir einen ersten unverbindlichen Kennenlerntermin.

Lilli, mach dich bereit!

BLIND DATE

Es ist Sonntag und wir erwarten „Galdino, the Great Heartbreaker". Lilli hat den Vormittag wesentlich entspannter als wir zugebracht. Ich habe die Wohnung und Lilli auf Hochglanz gebracht und bin mir jetzt unsicher, was ich anziehen soll. Eher lässig oder lieber elegant? Wir wollen ja Eindruck machen. Soll ich Lilli lieber eine Schleife umbinden? Die Gute schaut mich an, als ob ich nicht mehr alle Tassen im Schrank hätte und macht sich aus dem Staub. Na dann eben nicht. Nachdem Ian alle zehn Minuten bei jedem vorbeifahrendem Auto aus dem Fenster geschaut hat, ist er da. Wir sind aufgeregt. Loui, unser kleiner Beaglemischling, schaltet wie immer sein Gejaule an, ich öffne die Tür und herein kommen zwei Golden Retriever. Nanu, wir hatten ja nur einen Deckrüden erwartet, aber es klärt sich schnell, dass

Retriever Nummer zwei nur die Begleitung ist. Die reizende Miss Sophie tanzt wie der Rest der Bande aufgeregt im Haus hin und her. Wir schauen auf Galdino und Lilli. Werden sich die beiden riechen können? Wie beim Menschen muss auch beim Hund die Chemie stimmen. Schon nach kurzer Zeit ist klar: Sie können sich riechen. Ich lasse alle Hunde in den Garten und dort wird erstmal kräftig getobt. Adieu, geputzter Fußboden. Die ganze Meute will wieder rein und wieder raus. Dieses Spiel macht so viel Spaß, dass es gleich mehrere Male wiederholt werden muss. Wir trinken Kaffee und englischen Tee und bewundern Galdinos Ausstellungsmappe. Der Gute hat wirklich so ziemlich alle erdenklichen Preise gewonnen. Er ist eine Seele von Hund, superfreundlich, liebt sein Herrchen über alles und hat Spaß mit seinen Hundedamen.

Wir besprechen die Einzelheiten. Lilli muss ja noch alle Untersuchungen erhalten, das ist der erste Schritt. Wenn sie dann läufig wird, soll der Hormonstatus bestimmt werden, damit wir auch wirklich den richtigen Decktag erwischen. Auch das lässt sich sicherlich einrichten. Die Höhe der Decktaxe und die anderen Formalien sind auch schnell erledigt. Toll ist, dass Galdinos Besitzer auch an den Welpen interessiert ist. Er möchte diese, wenn möglich, auch kennenlernen. Endlich mal ein Vater, der seinen Pflichten nachkommt. Nach weiterem Tee und Kaffee einigen wir uns darauf, dass wir uns melden, sobald wir Lillis Untersuchungsergebnisse haben.

Lilli, auf zum nächsten Schritt!

JETZT WIRD'S ERNST ...

Nachdem der zukünftige Ehehund für Lilli gefunden scheint, müssen wir jetzt wohl oder übel die Untersuchungen hinter uns beziehungsweise Lilli bringen. Ärzte und ihre Praxen sind für mich ein notwendiges Übel und die Tatsache, dass Lilli für die Röntgenaufnahme der Hüftgelenke eine Vollnarkose benötigt, macht das Ganze nicht einfacher. Aufnahmen von den Hüft- und Ellenbogengelenken sind in der Retrieverzucht ein absolutes Muss. Leider ist diese Rasse durch falsche Verpaarungen und dadurch bedingte Überzüchtung an diesen Gelenken sehr anfällig für Dysplasien, also Fehlbildungen des Gelenkkopfes oder der Gelenkpfanne. Im schlimmsten Fall können sehr stark erkrankte Hunde nicht mehr laufen und leiden unter permanenten Schmerzen. Diese Erkrankungen sind zwar nur zum Teil genetisch bedingt und können auch durch falsche Ernährung oder übermäßige Bewegung des Hundes bereits im Welpenalter hervorgerufen werden, aber es wird dennoch versucht, nur gesunde Hunde zur Zucht zuzulassen. Eine sehr weise Entscheidung, die auf jeden Fall im Sinne des Hundes getroffen wird. Ich rufe trotzdem bei unserer Haustierärztin an und erfahre erstmal, dass diese speziellen Aufnahmen nur ein dafür zugelassener Tierarzt machen darf. Sie empfiehlt uns einen Arzt in Oer-Erkenschwick. Der wird natürlich erstmal im Internet gegoogelt. Wie gut, dass es Jameda gibt. Wie viele Bewertungen hat der Gute denn? Ich vertraue doch nicht jedem meine Hündin an. Die Bewertungen lassen hoffen, also mache ich einen Termin aus, den Ian und ich, als gute Hundeeltern, natürlich gemeinsam wahrnehmen.

So fahren wir an einem dunklen und kalten Montagnachmittag nach Oer-Erkenschwick, um zu sehen, wem wir unser Mädchen anvertrauen. Die Praxis wirkt auf den ersten Blick sehr sauber und gepflegt. Erster Minuspunkt: Uns wird mitgeteilt, dass sich alles verschoben hätte und wir in einer Stunde wiederkommen sollen. In einer Stunde??? Draußen ist es kalt und dunkel und wir sind hier mit dem Hund unterwegs. Irgendwie bringen wir die Zeit rum und sind endlich im Behandlungszimmer. Der Doktor ist sehr freundlich, streichelt Lilli, hört sie ab und erklärt uns alles. Trotzdem finde ich es schwer, zu beurteilen, ob er wirklich gut ist. Es gibt ein bisschen Chaos wegen all der genetischen Untersuchungen, die noch gemacht werden müssen. Sollen die Augen genetisch durch eine Blutanalyse oder durch eine normale Untersuchung getestet werden? Die normale Untersuchung darf nur am Abend durchgeführt werden, da die Pupillen des Hundes weitgestellt werden müssen und dann extrem lichtempfindlich sind. Und eine Sonnenbrille haben wir für Lilli leider noch nicht. Fragen über Fragen und irgendwie fühle ich mich gerade ein bisschen überfordert. Wir entscheiden uns für eine zwar teurere, aber einfachere genetische Untersuchung. Lilli wird zum gläsernen Hund. Bald wissen wir wahrscheinlich auch, ob sie die genetische Veranlagung zur Fettleibigkeit hat. Könnte sie von uns geerbt haben.

Ich versuche, dem Doktor nochmal auf den Zahn zu fühlen und stelle gefühlte 250 Fragen bezüglich der Untersuchung. Der Gute wird zum Schluss ein wenig konfus, aber sicher ist schließlich sicher. Ian ist etwas peinlich berührt und versucht, den Hund und mich aus dem Behandlungszimmer zu befördern. Der macht sich um nichts Sorgen.

Wir vereinbaren einen Termin zum Röntgen und mit einem kleinen Kloß im Hals verlasse ich die Praxis.

Gut, dass der Termin erst in drei Wochen ist, Lilli!

BÜCHER IN HÜLLE UND FÜLLE

Da ich nun einmal ab und an zur Perfektion neige, suche ich die öffentliche Bücherei auf, um mir eimerweise Welpenratgeber auszuleihen. Ich habe Glück, denn alle Bücher zu diesem Thema sind – oh Wunder tatsächlich verfügbar. Wahrscheinlich sind wir die Einzigen in Herten, die verrückt genug sind, um Hunde zu züchten. So schleppe ich mich mit Stapeln von Büchern zum Auto und fange direkt an zu lesen. Da ist die Rede von Züchterverantwortung, Rassehundezucht, Trächtigkeit und Geburt. Ich fahre nach Hause und lese mit einer Tasse Kaffee in der einen und dem Buch in der anderen Hand los. Als ich im Kapitel „Komplikationen nach der Geburt" zum Abschnitt „Mund-zu-Mund-Beatmung zum Absaugen von Fruchtwasserresten" komme, muss ich gleich dreimal nachlesen. Da steht wortwörtlich „...halten Sie den Welpen mit beiden Händen so, dass Sie direkt sein Gesicht vor Augen haben. Nun stülpen Sie vorsichtig Ihren Mund über sein Schnäuzlein und saugen kurz und nicht zu heftig..." Äh, bitte? Der Gedanke, einem gerade geborenen Welpen das Fruchtwasser mit dem Mund abzusaugen, behagt mir nicht sonderlich. Kann man da nicht einen Staubsauger nehmen? Für alle, die jetzt entsetzt aufschreien: Das war natürlich nur eine Überlegung. Wir würden doch keinen Welpen an die Absauganlage anschließen. Ich entscheide, dass solche Aufgaben eindeutig Männersache sind. Ian, dem ja bekanntlich nichts etwas ausmacht, hat auch schon mal Frolics probiert. Auch da habe ich nur kopfschüttelnd zugesehen. Ich muss ihm seine Aufgabe jetzt nur noch schonend beibringen.

Ansonsten sind die Ratgeber vollgepackt mit Informationen zu allen möglichen Themen und ich stelle fest, dass zum Beispiel bezüglich der Fütterung während der Trächtigkeit Buch A anderer Meinung ist als Buch B, was aber gar nichts macht, denn in Buch C steht auf jeden Fall etwas ganz anderes. Ich bin etwas verwirrt und beschließe, auch andere Züchter zu befragen, insbesondere die Züchterin, von der wir Lilli haben. Ansonsten steht schon viel Hilfreiches in den Ratgebern. Manches macht mich aber auch nachdenklich und die Abschnitte über mögliche Komplikationen während der Geburt will ich gar nicht wirklich lesen.

Lilli, du wirst das Kind schon schaukeln!

TAG DER WAHRHEIT

Heute ist es soweit. Lilli wird in Narkose gelegt und geröntgt. Zum Glück arbeitet Ian heute von zu Hause aus, damit er Lilli zum Tierarzt bringen und bei ihr bleiben kann, bis sie in Narkose liegt. Das ist echt nicht mein Ding. Als ich das bei unserem vorherigen Retriever miterlebt habe, bin ich anschließend in Tränen ausgebrochen und habe die ganze Fahrt nach Hause geheult. Ian, dem ja bekanntlich nichts etwas ausmacht, ist da viel härter im Nehmen. Gut so, ich kann ja nicht alles machen. Er kommt eine Dreiviertelstunde später zurück und berichtet, dass Lilli ganz sanft und ruhig eingeschlafen ist. Jetzt ist es neun Uhr und wir sollen uns so gegen elf mal in der Praxis melden. Wie lange können zwei Stunden dauern? Gefühlte zwei Wochen später ist es endlich halb elf. Ian hält mich die nächste Viertelstunde davon ab, schon mal unverbindlich nachzufragen. Genervt hätte ich in der Praxis schon genug. Punkt Viertel vor elf darf ich dann anrufen. Ja, Lilli gehe es gut, sie schlafe aber noch und wir sollen um zwölf in der Praxis sein. Natürlich scharre ich ab Viertel nach elf mit den Hufen und Ian ist schließlich so genervt, dass wir früher losfahren. Um kurz nach halb zwölf hängen wir noch ein bisschen vor der Praxis rum, bis ich die

Geduld verliere und jetzt sofort reingehen möchte. Drinnen erfahre ich natürlich, dass wir zu früh da sind. Ich kann auch die Uhr lesen, aber mein Hund liegt hier irgendwo hilflos herum. Wir sollen nochmal für eine Stunde weg. Schon wieder, das kenne ich doch schon vom ersten Besuch. Ich will einfach nur wissen, wie es Lilli geht und frage jetzt ein bisschen panisch, ob denn mit dem Hund alles in Ordnung ist. Ja, sie sei schon aufgewacht, aber noch sehr schlapp von der Narkose. Alles in bester Ordnung, sie müsse nur noch wacher werden. Mir fallen tonnenweise Steine vom Herzen. Wir verbringen die Wartezeit, indem wir zu einem Biobauern in der Nähe fahren. Dort gibt es einen kleinen Hofladen. Ich bin so erleichtert, dass ich kiloweise Rinderrouladen kaufe. Eigentlich sind wir nur zu zweit und der Rest der gekochten Rouladen wurde anschließend in der ganzen Verwandtschaft verteilt. Wir fahren zurück und unser Mädchen kommt uns taumelnd entgegen. Lilli sieht wirklich noch mitgenommen aus, freut sich aber tierisch, uns wiederzusehen. Wir streicheln sie abwechselnd.

Dann die Stunde der Wahrheit. Der Doktor erklärt uns die Röntgenaufnahmen. Er wäre sich nicht ganz sicher, die eine Hüfte ist eine A1-Hüfte und die andere könnte vielleicht eventuell eine B-Hüfte sein. Was bedeutet das denn? Also, zum Züchten muss die Hüfte Grad A haben, B geht gerade noch. Ob damit eine Zuchtzulassung erteilt wird, kommt aber auch auf den Zuchtverband an. Und bei der einen Hüfte ist er sich eben nicht ganz sicher. Da die Aufnahmen sowieso zur Tierärztin unseres Zuchtverbandes geschickt werden müssen, wird ihre Meinung schlussendlich für die Zuchtzulassung ausschlaggebend sein. Ian ist am Boden zerstört: Sein Hund hat wahrscheinlich „nur" eine B-Hüfte. Lilli und mir ist das ziemlich egal, sie ist nur froh, dieser Folterkammer zu entkommen und ich, Lilli lebendig wieder mitzunehmen.

Jetzt hast Du es geschafft, Lilli!

ZUCHTTAUGLICHKEIT, DIE ERSTE

Die Untersuchung für Lillis Zuchttauglichkeit liegt nun schon einige Zeit zurück. Der Tierarzt hatte uns im März gesagt, dass er die kompletten Untersuchungsergebnisse zur zuständigen Tierärztin des Zuchtverbandes schicken würde. Jetzt ist schon Anfang April und es herrscht Schweigen im Walde. Weder besagte Zuchtverbandstierärztin (das wäre doch mal ein Wort für das Glücksrad gewesen) noch der Zuchtverband selbst haben sich bei uns gemeldet. Seltsam… Na ja, ich bin ja nicht auf den Kopf gefallen und rufe nochmal in der Praxis an, um nachzufragen, wo er die Röntgenaufnahmen und seine Beurteilung denn hingeschickt hat. Ich erfahre in der Praxis, dass alle Unterlagen zur Verbandstierärztin geschickt worden seien und dies schon avanti avanti kurz nach Lillis Untersuchung. Aha, also google ich die gute Frau und schaue auch gleich bei Jameda nach ihrer Beurteilung. Die reicht von gut über geht so bis grottenschlecht. Ich rufe einfach in der Praxis an. Dort teilt man mir freundlich mit, dass die Frau Doktor die Röntgenaufnahmen wahrscheinlich zu Hause habe und dass sie weiterhin sowieso bis zum 14. April im Urlaub sei. In Ordnung, ich werde mich also in Geduld üben müssen, was mir nicht so leichtfällt. Außerdem möchte ich auch wissen, wie sie Lillis Aufnahmen beurteilt, denn schließlich bewegen wir uns links ja zwischen einer Grad-A- oder -B- Hüfte. So muss denn die Zeit ihren Lauf nehmen und ich abwarten.

ZUCHTTAUGLICHKEIT, DIE ZWEITE

Es ist endlich der 14. April und ich habe mich brav in Geduld geübt. Jetzt will ich aber wissen, was Sache ist und rufe früh am Morgen beim Verbandstierarzt an, um die Ergebnisse zu erfragen. Ja, die Frau Doktor sei jetzt in einer Untersuchung und ich solle doch am Nachmittag noch einmal anrufen. Sprechen sich Tierärzte ab? Gibt es so etwas wie die Verschieberitis und ist das ansteckend? Es heißt also wieder: warten, warten, warten. Punkt drei Uhr rufe ich wieder in der Praxis an. Ich bin jetzt schon leicht aufgeregt. Vielleicht hat sie ja festgestellt, dass Lillis Hüfte gar nicht existiert oder dass sie anstelle der Hüfte einen weiteren Blinddarm hat. Die Helferin in der Praxis legt mich, wohin denn auch sonst, in die Warteschleife. Endlich meldet sich Frau Doktor. Kurz und knapp erklärt sie mir, dass es einen Herrn von unserem Zuchtverband gibt, der in regelmäßigen Abständen bei ihr die Unterlagen in der Praxis abholt und an unsere „Zuchtverbandsfiliale" in Mulheim weiterreicht. Ich wippe zuhause ungeduldig von einem Bein aufs andere. Wer was wann wo abholt ist mir doch egal. Ist mit dem Hund alles in Ordnung?? Ja, sie habe sich die Aufnahmen angesehen und Lilli verfüge über zwei kerngesunde Grad-A-Hüften. Ihre Einschätzung. Ich bin ganz erleichtert und lege auf. Lilli erhält zur Belohnung erstmal ein großes Stück Fleischwurst, das sie glücklich in sich hinein futtert. Wie immer ist es ihr so ziemlich egal, was mit ihrer Hüfte ist, solange der Napf voll ist.

Lilli, jetzt sind wir wieder einen Schritt weiter.

ÜBERRASCHUNG

Ich habe mich entschieden, wieder an drei Tagen in der Woche arbeiten zu gehen. Bei all den finanziellen Ausgaben, die wir bis jetzt für Lilli hatten, sicherlich keine schlechte Idee. Wird auf jeden Fall eine Umstellung werden, aber wir haben ja noch Zeit. Ich habe ausgerechnet, dass Lilli Ende Mai oder Anfang Juni läufig wird. So haben wir noch ab dem 19. Mai einen Kurzurlaub mit Freunden in Holland geplant. Darauf freue ich mich schon. Es müssen ja auch noch die Wurfanzeigen fertiggestellt und ausgehängt sowie die Wurfankündigung bei Ebay Kleinanzeigen geschaltet werden.

Am Montagabend, nach einem erfolgreichen ersten Arbeitstag, sitze ich ziemlich erschossen im Sessel und lasse mich vom Fernseher berieseln. Alles ganz entspannt. Ich gehe in die Küche und hole mir etwas zu trinken. Auf dem Rückweg entdecke ich einen kleinen braunroten Fleck auf dem Laminat. Wer hat denn da etwas verschüttet. Das wird doch nicht von Lilli sein? Nein, kann gar nicht sein, ist ja nur ein Fleck. Am Abend, kurz nach dem Zähneputzen, überkommt mich auf einmal die Frage, ob Lilli vielleicht doch schon läufig sein könnte. Ian und ich stürmen die Treppe herunter und schauen bei Lilli nach. Tatsache, der Hund ist läufig. Lilli schaut ganz unschuldig drein. Ian und ich sind völlig aus dem Häuschen. Jetzt geht es tatsächlich los. Tausend Gedanken gehen mir durch den Kopf: Sollen wir sie wirklich decken lassen? Was wird aus dem Urlaub in Holland? Wann kann sie gedeckt werden? Und vor allem: Wann werden die Welpen das Licht der Welt erblicken? Fragen über Fragen und Aufgaben über Aufgaben. Jetzt müssen im Schweinsgalopp die Wurfanzeigen raus, die Anzeige geschaltet, neue Fotos von Lilli gemacht und der Hollandurlaub verschoben werden. Mein Kopf schwirrt. Später im Bett rechne ich noch einmal nach. Heute ist der vierte Mai, wenn Lilli also Mitte Mai gedeckt werden kann, werden die Welpen voraussichtlich Mitte Juli zur Welt kommen. Da ich in den Schulferien frei habe, wäre das ein idealer Zeitpunkt für Welpennachwuchs. Die Welpen wären dann Ende September zur Abgabe bereit. In all dem plötzlichen Chaos doch ein Grund zum Freuen. Besser hätte der Termin nicht liegen können.

Lilli, das hast du gut gemacht!

EIMERWEISE BALDRIAN

Es ist Dienstag. Gestern Abend haben wir herausgefunden, dass Lilli doch wider Erwarten fast einen Monat früher läufig geworden ist. Wir stellen weiterhin fest, dass unsere Geschirrspülmaschine sich dazu entschlossen hat, ihren Geist aufzugeben. Sie hat schon seit Wochen während des Spülvorgangs seltsam gerochen und Ians Versuche, mich zum Kauf einer neuen Spülmaschine zu bewegen, waren bislang erfolglos im Sande verlaufen. Jetzt muss natürlich eine neue Maschine her und zwar auf dem schnellsten Wege. In der Küche hatte sich eh schon ein wenig Geschirr angesammelt (ich geh jetzt schließlich arbeiten), für das man zwei Maschinen hätte gebrauchen können. Jetzt ist der eine Berg aus dreckigem Geschirr in der Maschine und der zweite Berg befindet sich davor. Ich kann es nicht fassen. So eine sinnlose Arbeit. Geschirr, das eigentlich eine Maschine spült, jetzt von Hand zu waschen und morgen muss ich schon wieder arbeiten gehen. Außerdem sollte in dieser Woche der Steingarten fertig bepflanzt werden. Ich hatte schon in weiser Voraussicht einiges an Stauden besorgt. Dann kommt mein Vater diese Woche ins Krankenhaus, wir haben ein wichtiges Gespräch mit unserer Versicherung wegen eines Schadens und die Liste könnte endlos so weitergehen. Außerdem müssen wir den hoffentlich bald werdenden Welpenvater informieren, Wurfanzeigen fertigstellen und so weiter und so weiter.

Diese Woche artet wirklich in Chaos aus. Als am Mittwoch ein guter Freund zu mir kommt, um Fotos von Lilli zu machen, und mir bei einer Tasse Kaffee erzählt, dass er überlegt, zum Islam zu konvertieren, klingelt es an der Haustür und die bestellte Geschirrspülmaschine wird endlich geliefert. Leider stelle ich sofort fest, dass es sich um den falschen Maschinentypen handelt. Ich glaube, ich platze gleich. Als Ian von der Arbeit nach Hause kommt, liegen bei uns beiden die Nerven etwas blank. Wir diskutieren (der genauere Beobachter würde sagen, wir streiten) darüber, wer für die Falschbestellung verantwortlich ist. Lilli kann es nicht leiden, wenn wir „diskutieren". Sie geht in die Küche und ist wahrscheinlich sauer, weil sich keiner um sie kümmert. Sie ist schließlich läufig und emotional etwas sensibel. Heute Abend gehe ich auf jeden Fall mit einem Eimer Baldrian ins Bett.

Gute Nacht, Lilli!

ERSTLINGSAUSSTATTUNG

Was braucht die perfekte Welpenmutter für die Welpen-Erstlingsausstattung? Darin sind sich die Ratgeber mal einig: Ein Paket mit Welpenmilch, eine Rotlichtlampe, eine Digitalwaage, ein Fieberthermometer sowie Unmengen an Bettlaken und Handtüchern. Hat schon alles seine Berechtigung, aber für mich ist das alles nicht relevant. Was man als perfekte Welpenmutter wirklich benötigt, ist der Megaturbo-Bodenwischer von Leifheit. Ich habe das Ding schon seit Jahren bei diversen Frauen in meiner Umgebung beäugelt, aber erst meine Freundin Katja, die selbst zwei

Airdale Terrier besitzt und bei der das Teil schon zum Wohnungsinventar gehört, hat mich vor zwei Wochen überzeugt. Zwei Hunde bringen ja schon genug Dreck ins Haus, aber dann noch eine Menge X an Welpen? Jeder aus meiner Familie weiß, dass ich Fußbodenwischen so sehr liebe wie den Zahnarztbesuch oder die Steuererklärung. Doch der Gedanke an all den Dreck und Lillis beginnende Läufigkeit haben mich schon das eine oder andere Mal in Panik versetzt. Jetzt war das gute Stück im Angebot und ich habe zugeschlagen.

Gestern habe ich das Teil zum ersten Mal ausprobiert und ich fühle mich fast wunschlos glücklich. Was kann Frau sich mehr wünschen als den Hausfreund von Leifheit? Ich wische und nehme mir vor, Ian gegenüber noch zurückhaltend mit meiner Begeisterung zu sein. Schließlich weiß er, wie wenig ich Wischen mag und er soll bloß nicht denken, dass mir die ganze Sache auf einmal Spaß macht. Wie kann ich ihn denn sonst zur Mithilfe bewegen? Lilli ihrerseits ist von dem Wischer weniger angetan. Genervt weicht sie mir von einer Ecke in die andere aus und legt sich schließlich auf die Couch, um hier ihre Ruhe zu finden.

Wie dem auch sei, alle anderen Utensilien werden natürlich auch besorgt, aber es geht eben nichts über den perfekten Wischer.

Welpen, ihr könnt kommen!

HORMONKRIMI

Unser Deckrüde beziehungsweise sein Besitzer hat sich gewünscht, dass wir eine Progesteronbestimmung bei Lilli vornehmen lassen, um den genauen Deckzeitpunkt zu ermitteln. Wenn man zu früh versucht, die Hündin decken zu lassen, sie aber ihrerseits noch gar nicht dazu bereit ist, bedeutet das nur Stress für Rüden und Hündin. Das wollen wir natürlich beiden Hunden ersparen und so planen wir mit Beginn der Läufigkeit Hormonuntersuchungen bei Lilli ein. Dazu nimmt die Tierärztin Lilli Blut ab und schickt dieses dann in ein Labor. Uns war es dabei wichtig, dass das untersuchende Labor die Ergebnisse noch am gleichen Tag mitteilt, da es ja sein kann, dass der Hormonspiegel so hoch ist, dass wir noch am Abend zum Decken fahren sollten. Soweit die Theorie. Also dackeln Lilli und ich an Tag sechs ihrer Läufigkeit zur Tierärztin. Lilli wie immer ganz cool vorweg und ich im Schlepptau hinterher. Tag sechs ist eigentlich zu früh zum Blutabnehmen, alle Welpenratgeber und meine Tierärztin geben den siebten Tag als frühestmöglichen Zeitpunkt für die Messung an, aber der siebte Tag ist ein Samstag und da arbeitet das Labor nicht. Lilli wird also Blut abgenommen und jetzt heißt es wieder einmal warten bis zum späten Nachmittag. Wir bekommen noch eine Ladung Wurmtabletten mit, da Lilli auf jeden Fall vor der Trächtigkeit entwurmt werden muss. Also verpacke ich die Tabletten zuhause geschickt in meterweise Wurstscheiben, denn beide Hunde haben gute Geschmacksnerven und spucken bisweilen die Tablette aus, während die Wurst genüsslich verspeist wird. Dagegen hilft nur eine dicke Wurstschicht und rein damit. Es klappt und den Rest des Tages bekommen Ian und ich auch so gut rum. Uns wurde ja die falsche Spülmaschine geliefert und da sich der Geschirrberg mittlerweile fast bis unter die Küchendecke stapelt, muss dringend eine neue Maschine her. Koste es, was es wolle. So fahren wir am Nachmittag zum Media Markt gleich hier um die Ecke. Von unterwegs rufe ich die Tierärztin an und frage nach den Ergebnissen. Die sind noch nicht da, die

Helferinnen wollen im Labor nachfragen und ich soll um kurz vor sechs nochmal anrufen. Im Media Markt angekommen stellen wir fest, dass die Maschine, die wir wollen, hier nicht erhältlich ist. Komisch, Ian hat doch angerufen und gefragt, ob sie vorrätig ist, woraufhin ihm versichert wurde, dass dies der Fall sei. Wir sehen mit einem freundlichen Verkäufer in den Computer und stellen fest, dass Ian schon wieder die falsche Typbezeichnung angegeben hat. Ich atme tief durch. Ich weiß ja, dass der Gute zurzeit extrem viel Arbeit hat, aber so unkonzentriert habe ich ihn schon lange nicht mehr erlebt. Da ich mir fest vorgenommen habe, diesen Tag nicht ohne eine neue Spülmaschine zu beenden, werden wir in den nächsten Markt fahren, der eine solche anbietet und sei es in München. Zum Glück gibt es ein Gerät im 30 Kilometer entfernten Dortmund. Also zurück ins Auto und ab nach Dortmund. Unterwegs fällt mir ein, dass ich vergessen habe, wegen der Laborergebnisse nachzufragen. Es ist fünf nach sechs und die Praxis hat nur bis 18 Uhr geöffnet. So ein Mist. Ich versuche trotzdem anzurufen und habe Glück, eine Helferin geht ans Telefon, teilt mir jedoch mit, dass die Werte immer noch nicht da sind. Sie bietet aber an, dass wir auf dem Handy angerufen werden, sobald sie da sind. Heute noch. Ich bedanke mich und lege auf. Kurz danach klingelt mein Handy. Es ist mein Papa, der eines von diesen wichtigen Gesprächen beginnt. Wo wir denn wären und wann wir von dort wiederkommen. Ich wimmele ihn ab und lege auf. Sofort erscheint auf dem Display die Mitteilung „Anruf in Abwesenheit" und „Neue Nachrichten". Wer denn sonst, wenn nicht die Tierärztin? Sie hinterlässt mir eine Nachricht, dass der Wert bei Lilli noch viel zu niedrig sei und wir am Montag noch einmal zum Blut abnehmen kommen sollen. Schon am Montag. Ich hatte eigentlich einen Termin für Dienstag. Jetzt ist erstmal

Entspannung und hoffentlich ein Wochenende mit Spülmaschine angesagt.

Lilli, irgendwie geht's immer weiter.

SCHOCK AM SONNTAGMORGEN

Es ist Sonntagmorgen, Lilli ist seit Montag läufig und ich tapere noch sehr schlaftrunken, nach einer schönen Geburtstagsfeier einer guten Freundin am Vorabend, die Treppe herunter. Ian, wahrscheinlich schon seit Stunden wach, kommt mir aufgeregt entgegen und bemerkt, dass sich kein Blut mehr auf dem Boden finden lasse. Ob Lilli denn noch läufig ist? Schlagartig bin ich hellwach und denke nach. Nachdem ich gestern mit meinem neuen Hausfreund Leifheit das Haus und insbesondere die Böden auf Hochglanz gebracht habe, herrscht tatsächlich auf einmal gähnende Leere auf dem Fußboden. Der Versuch, Lilli ein Höschen anzuziehen, endet regelmäßig darin, dass sie sich die Hose auszieht und die Binde darin in tausend Einzelstücke zerreißt. Da ich auf so eine Schweinerei keine Lust habe und ja nun über den Wunderwischer verfüge, wische ich einfach nur den Boden hinter ihr auf. Wie zwei Detektive auf Spurensuche gehen wir durch die Wohnung. Ich bin nun ein bisschen panisch. Gibt es eigentlich Eizellenspenden für Hündinnen? Wahrscheinlich nur in Amerika und ich fliege doch so ungern. Endlich entdecke ich einen kleinen Fleck und möchte Ian für den Schock, den er mir da gerade versetzt hat, gerne drei Stunden ins Hühnerhaus sperren. Ich beherrsche mich dann doch und zur Strafe muss Ian den Frühstückstisch hinter mir aufräumen. Lilli guckt ganz unschuldig und kann die Hektik, die hier gerade ausgebrochen ist, wirklich nicht verstehen.

Als wir am Mittag nach Hause kommen gilt „business as ususal" – Flecken sind überall auf dem Boden verteilt und so haben mein Wischer und ich ein weiteres Rendezvous.

Lilli, ab jetzt bitte keine weiteren Überraschungen mehr!

HORMONKRIMI RELOADED

Es ist Montag und wir sind ganz brav wieder zum Blutabnehmen in der Praxis. Lilli macht die ganze Prozedur immer noch ganz lieb mit. Es heißt wieder warten bis zum späten Nachmittag, das kennen wir ja schon. Am Nachmittag fahre ich nach der Arbeit nach Hause und rufe von unterwegs in der Praxis an. Auch das kenne ich schon, die Werte sind noch nicht da, Frau Doktor ruft mich auf dem Handy an, wenn sie kommen. Tun sie aber nicht. Um 18:30 Uhr kommt ein Anruf aus der Praxis: Die Werte kommen heute nicht mehr. Ich soll morgen ganz früh anrufen. Da die Werte am Freitag noch so niedrig waren, bin ich ganz entspannt. Sie können ja nicht plötzlich so hoch sein. Wir warten bis zum nächsten Tag ab. Am Dienstag schlafe ich ein bisschen länger, Hundezüchten strengt schließlich an, und unser Anrufbeantworter blinkt. Die Praxis. Ich soll sofort heute noch zur Blutentnahme kommen. Der Wert liegt schon bei 4,4. Es ist Viertel nach neun und ich weiß, dass die Laborproben bis zehn Uhr abgeholt werden. Außerdem habe ich unserem Sohn gestern mein Auto geliehen, da er heute einen wichtigen Termin in Münster hat. Ich muss also mit dem Fahrrad in die Stadt fahren. Ich rufe in der Praxis an, bis Viertel nach zehn kann ich kommen. Also schnell angezogen, eine Schnitte Brot reingezogen und ab geht die Post. Lilli liebt Fahrradfahren. Sie rennt glücklich neben dem Rad her. In der Praxis heißt es „same procedure as every time…". Die Ärztin teilt mir mit, dass 4,4 schon ein hoher Wert sei. Sie holt die Laborzettel und erklärt mir, dass man bei so einem Wert davon ausgehen könne, dass ein Eisprung stattgefunden hat. Dann sagt sie mir, dass manche Fachleute aber erst bei einem Wert zwischen acht und zehn von einem Eisprung ausgehen und anschließend fügt sie hinzu, dass das Labor davon ausgehe, dass ein Progesteronwert ab fünf einen Eisprung bedeutet. Ich fühle mich irgendwie an meine Fachbücher erinnert. Dann sagt sie mir, sie würde empfehlen, dass wir heute zum Decken fahren. Heute? Jetzt bin ich völlig verwirrt. Ich hatte den Mittwoch ins Auge gefasst. Heute noch??? Wirklich??? Ich fahre mit dem Fahrrad zurück nach Hause, Lilli im Schlepptau und setze mich erstmal an den Rechner. Fragen sie Dr. Internet, er weiß auf alles einen Rat. Ja, denkste! Auch hier werden Werte von hier bis dort angegeben und wirklich schlauer bin ich nicht. Am Nachmittag besucht mich unser guter Freund und Hundeliebhaber Michael. Wir unterhalten uns und ich fange an, mein erworbenes Internetwissen zum Besten zu geben. Biologieunterricht live. Wenn ich also davon ausgehe, dass Lilli gestern einen Eisprung hatte und die Eier ja nur drei Tage befruchtungsfähig sind, dann müssten wir wirklich heute noch zum Decken fahren. Jetzt bricht bei mir die Panik aus. Wenn gestern Morgen der Wert schon bei 4,4 war, wie hoch wird er dann heute sein? Ich fange an zu telefonieren. Ich muss ja erstmal wissen, ob Jürgen, unser Deckrüdenbesitzer, heute dazu in der Lage ist, uns zu empfangen. Der Gute wurde gestern am Knie operiert und ist deshalb also etwas angeschlagen. Leider erreiche ich ihn weder übers Festnetz noch auf seinem Handy. Ich rufe Ian an. Ob er früher von der Arbeit nach Hause kommen kann? Wir müssen zum Decken! Der geht zwar ans Telefon, erteilt mir aber gleich eine Absage. Lilli wuselt die ganze Zeit um mich herum. Die Gute ahnt ja noch nichts. Endlich erreiche ich Jürgen. Der gibt erstmal Entwarnung und teilt mir mit, dass er heute für zu früh hält. Ich bin aber unsicher. Schließlich hat meine Tierärztin gesagt, wir sollen heute fahren. Wir entscheiden, dass wir die Hormonwerte von heute Morgen abwarten wollen. Ab zehn vor sechs fange ich an, die Praxis anzurufen. Wie immer sind keine Hormonwerte vorhanden. Ich erhalte die Telefonnummer vom Labor. Da wäre angeblich bis 19 Uhr immer jemand erreichbar. Erleichtert lege ich auf. Um halb sieben rufe ich im Labor an und erfahre von einer freundlichen Dame auf dem Anrufbeantworter, dass das Labor schon um 18 Uhr geschlossen hat. Ich kann es nicht fassen. So ein Theater. Noch ein Anruf bei Jürgen und wir entscheiden, dass wir am morgigen Mittwoch einen Deckversuch unternehmen wollen.

ZUCHTTAUGLICHKEIT, DIE DRITTE

Es ist jetzt fast soweit, die Hormonwerte von Lilli haben sich ja bisher mit gnadenloser Geschwindigkeit verdoppelt und nun steht der Decktermin sozusagen schon kurz vor der Tür. In all den Vorbereitungen und dem Warten fällt mir auf einmal siedend heiß ein, dass wir noch immer keine schriftliche Zuchttauglichkeitsbescheinigung in den Händen haben. Das hat wohl nichts Gutes zu bedeuten. In der Regel gehen wichtige Papiere bei uns a) unter einem Riesenhaufen weiterer wichtiger Papiere verschütt oder b) auf dem Postweg verloren. In einem Papierhaufen können sie nicht sein, das wüsste ich ja, denn dann hätte ich sie ja eigenständig in dem Stapel auf meinem Schreibtisch auf Tauchstation geschickt. Also muss es der Postweg sein. Ich habe es gewusst, auf niemanden ist mehr Verlass in Deutschland. Ich rufe die Vorsitzende unserer

„Filiale" beim Zuchtverband an. Nein, bei ihr wäre gar nichts angekommen und sie wüsste auch nicht, wo was hängengeblieben sein könnte. Außerdem müssten wir auch noch beim Zuchtbuchamt eingetragen werden. Zuchtbuchamt. Mir wird kurzzeitig schwindelig. Es scheint, als ob wir nichts, aber auch gar nichts organsiert haben. Frau Seebaldt, die übrigens eine sehr nette Dame ist, beruhigt mich. Das könne sie auch noch später machen, jetzt sei es erstmal wichtig, die Dokumente der Gesundheitsprüfung wieder auftauchen zu lassen. Ich lege auf und denke nach. Bei einem so rasant steigenden Hormonwert von 4,4 ist es praktisch jede Minute an der Zeit, zum Decken zu fahren. Ich traue mich gar nicht, unserem Deckrüdenherrchen von diesem Desaster zu erzählen. Was, wenn er Lilli ohne die Zuchttauglichkeitsbescheinigung gar nicht decken lassen will? Ich rufe also wieder in der Tierarztpraxis in Korschenbroich an. Da ich mittlerweile auch leicht angesäuert bin – wir haben Lilli schließlich schon Anfang März untersuchen lassen, damit noch genug Zeit für alles bleibt – bin ich entsprechend kurz angebunden. Doch ich kann mir meine Wut sowieso sparen, denn ich muss noch bis morgen auf die nötigen Informationen warten. Frau Doktor ist heute nicht in der Praxis. Ich kann mir nicht verkneifen, darauf hinzuweisen, dass mittlerweile einige Kosten entstanden sind, die wir der Ärztin in Rechnung stellen würden, für den Fall, dass Lilli ohne Papiere nicht gedeckt werden kann.

Am Dienstag erreiche ich dann endlich die Verbandstierärztin. Eigentlich würden solche Informationen mündlich weitergegeben und mit Lilli wäre ja alles in Ordnung. Ich bitte sie, dies auch der Vorsitzenden unseres Zuchtverbands umgehend telefonisch mitzuteilen beziehungsweise ihr die Informationen doch bitte endlich zukommen zu lassen. Ich erhalte das Versprechen, dass dies auch umgehend so geschehen werde.

Als ich mittags beim Zuchtverband anrufe, ist dort wieder nichts angekommen und sowieso brauche der Verband die Unterlagen schriftlich. Ich bitte und winsele und erweiche mit meiner Dackelnummer schließlich doch ihr Herz. Wenn die Frau Doktor ihr mündlich mitteilen könnte, dass alle Ergebnisse in Ordnung sind, könne sie da schon einmal eine Ausnahme machen. Ich bin erleichtert und versuche, die Praxis anzurufen, erreiche aber niemanden. Es klingelt und klingelt und ich bin mit allen fehlenden Unterlagen allein auf weiter Flur. Um vier erreiche ich Frau Doktor endlich persönlich. Wir sind beide leicht genervt. Ja, sie hätte den Zuchtverband gerade angerufen und außerdem die Unterlagen schon einmal dorthin gemailt. Mir fällt ein Stein vom Herzen, wieder mal. Endlich scheint Bewegung in die Sache zu kommen.

Zum Glück sieht Jürgen die ganze Sache locker. Er vertraut mir, dass ich mich um die Zuchttauglichkeitsbescheinigung kümmere. Wenn der wüsste, wie viele graue Haare durch all das Theater bei mir entstanden sind. Aber wir sind jetzt fast am Ziel des Zuchttauglichkeitsbescheinigungsslalom und das heißt:

Lilli, get ready!!!!

HORMONKRIMI, THE FINAL COUNTDOWN

Es ist Mittwochmorgen, ich rufe mit klopfendem Herzen in der Praxis an. Der Hormonwert liegt nun bei acht. Ich hab es ja geahnt, wenn der Hormonwert gestern früh bereits bei acht lag, dann ist wahrscheinlich schon alles zu spät. Die

Tierarzthelferin sagt mir, dass wir auf jeden Fall heute noch zum Decken fahren sollen. So schlau bin ich auch selbst. Wenn möglich, noch heute Vormittag. Ich lege zähneknirschend auf. Der beste Ehemann der Welt verschwindet seit Tagen bleich hinter seinem Computer. Irgendein Auftrag, der für seine Firma sehr wichtig ist, muss unter Dach und Fach und dazu müssen viele Zahlen auf Papier gebracht werden. Am Abend vorher hat er bis zwei Uhr morgens gearbeitet, nur um dann heute um vier Uhr wieder aufzustehen und ins Büro zu fahren. Ich rufe ihn bei der Arbeit an. Leicht genervt sagt er mir, dass es heute Morgen nicht geht, wenn überhaupt heute Nachmittag. Da scheint er sich mit Jürgen abgesprochen zu haben. Der kann auch erst heute Nachmittag, da Galdino nach dem Decken festgehalten werden muss und er das mit seinem ramponierten Knie schlecht gewährleisten kann. Also hat er seine Bekannte Marion, die selbst Frauchen von zwei reizenden Retrieverdamen ist, um Unterstützung gebeten. Ich telefoniere mit Marion, die selbst bei einem Tierarzt arbeitet und ab mittags frei hat. Ich muss eigentlich am Nachmittag arbeiten. Ob es reicht, wenn Ian alleine nach Rheinberg kommt? Nein, wir sollen alle kommen. Die Hündin soll beim Decken alle vertrauten Personen um sich haben. Da sind wir Menschen ja schon anders. Wir werden also versuchen, uns um drei Uhr beim Deckrüdenbesitzer zu treffen, um dann mit den Hunden zu seinem Garten zu fahren. Soweit, so gut. Ich muss jetzt nur meinem Arbeitgeber beibringen, dass ich heute nicht zur Arbeit erscheinen werde und das, obwohl ich doch gerade erst dort angefangen habe. Ich denke, dass es doch eigentlich reicht, wenn nur Ian mit Lilli zum Decken fährt. Andererseits: Decken geht schließlich vor, aber was sagt man in so einem Fall denn so? Kann heute nicht kommen, muss meiner Hündin die Pfote halten beim äh, sogenannten

Deckakt, mal ganz biologisch beschrieben. Die denken doch, dass ich einen nicht unerheblichen Knall habe. Es muss also eine Ausrede her, aber lügen will ich auch nicht. Also rufe ich um halb zehn auf der Arbeit an. Ja also, da wäre was, das hätte ich noch nie vorher erlebt, eine Familienangelegenheit, wie schon gesagt, noch nie vorher dagewesen und ich könne leider heute nicht zum Unterrichten erscheinen. Meine neue Chefin ist nicht so angetan von meiner Entschuldigung. Mir ist auch selbst klar, wie belämmert ich klinge, aber Babys zeugen ist doch auch eine Familienangelegenheit. Oder? Wie dem auch sei, ich bin für heute Nachmittag entschuldigt. Jetzt heißt es auf Ian warten und Lilli bei Laune halten. Halt ja deine Eier bei Dir, sage ich ihr. Eine Stunde später klingelt mein Handy. Meine Mutter, total aufgelöst. Mein Vater ist vor dem Haus gestürzt und blutet sehr stark. Na super – ich sprinte zu meinen Eltern rüber und stelle fest, dass die Hand beziehungsweise zwei Finger meines Vaters auf jeden Fall chirurgisch behandelt werden müssen. Wie spät ist es jetzt? Zwanzig vor zwölf. Ich atme sehr ruhig durch. Wie soll das denn gehen? Ich weiß, dass man in unserem Krankenhaus auch schon mal zwei Stunden in der chirurgischen Ambulanz warten muss. Nicht immer, aber kann schon mal vorkommen. Und bei meinem Glück heute. Ich packe meinen Papa ins Auto, sage Ian kurz Bescheid und düse los. In der Ambulanz ist ausnahmsweise mal nur sehr wenig los. Während mein Vater genäht wird, warte ich im Wartezimmer und versuche, einfach nur ruhig weiterzuatmen. Ein und aus und wieder ein und wieder aus. Mein Vater kommt noch leicht blass aus dem Durchgang zu den Behandlungsräumen und wird von mir gnadenlos durch die Gänge zum Ausgang gezerrt. Wir haben schließlich Hormone zu erreichen. 13.10 Uhr, ich komme zu Hause an und verfrachte ohne großes Tamtam meinen Vater zum Ausruhen ins Bett, Lilli ins Auto und Ian ans Steuer. Ich selbst springe James-Bond-mäßig auf den Rücksitz und nichts wie los nach Rheinberg.

Es ist natürlich das erste lange Feiertagswochenende im Mai, dazu auf einmal noch brütend heiß und wir haben Stau, Stau und nochmal Stau. Ian telefoniert andauernd wegen seines Angebots und ich muss mucksmäuschenstill sein, weil er ja eigentlich offiziell noch arbeitet. Mal abgesehen davon, dass er nach nur zwei Stunden Schlaf scheintot ist, macht er seine Sache ganz gut. Er fährt, telefoniert (über die Freisprechanlage natürlich), organisiert und regelt. Ich sitze mit meiner hoffentlich noch eiergefüllten Hündin auf der Rückbank. Lilli fährt nicht gerne Auto und hechelt vor Nervosität vor sich hin. Endlich kommen wir in Rheinberg an. Jürgen wohnt richtig schön auf dem Land und hat einen großen Schrebergarten nah bei seiner Wohnung angemietet. Er hat uns schon am Telefon vorgewarnt, dass der Garten noch einiges an Arbeit benötigt. Gut, gut, auch unser Garten könnte Arbeit vertragen. Als wir vor Ort ankommen, muss ich doch einmal schlucken. Der Garten ist schon ordentlich verwildert, das Gras ungefähr kniehoch. Und das bei mir mit meiner Zeckenphobie. Also stecke ich mir schnell die Hose in die Socken und los geht's. Galdino rennt schon aufgeregt im Garten hin und her. Auch Lilli wedelt eifrig mit dem Schwanz. Jürgen rät mir, die beiden erstmal an der Leine zu halten. Wir staksen durch das hohe Gras in den hinteren Bereich des Gartens, wo auch Marion, eine Freundin von Jürgen und die fähigste Tierarzthelferin der Welt, auf uns wartet, und lassen die Hunde von der Leine. Ich bin jetzt echt aufgeregt. Sollte es jetzt gleich passieren, dass unser Mädchen gedeckt wird? Galdino und Lilli rennen jetzt frei durch den Garten, wobei Galdino schon den Braten geschnuppert hat. Er ist wirklich stark an Lilli interessiert. Lilli ihrerseits hält dem Guten auch schon ihr Hinterteil hin, nur um dann im entscheidenden Moment wieder wegzulaufen. Armer Galdino. Es ist halb drei am Nachmittag, die Sonne brennt vom Himmel und Galdino gibt sein Bestes, um Lilli rumzukriegen. Aber meine Hündin führt sich wie eine Diva auf. Sie lässt den armen Galdino kommen und läuft dann auch gleich wieder weg. Mir rutscht das Herz in die Hose. Ich hab es ja gewusst. Wir sind zu spät. Lilli ist nicht mehr paarungsbereit. Marion und Jürgen, die schon mehr Erfahrungen mit der Welpenproduktion haben, beruhigen mich. Nein, sie können sich beim besten Willen nicht vorstellen, dass wir zu spät dran sind, eher zu früh. Ich bin mir nicht so sicher. Nach einer Dreiviertelstunde Hin und Her beschließen wir, das Ganze auf den nächsten Tag zu verschieben. Jürgen hat sich freundlicherweise dazu bereit erklärt, mit Galdino zu uns zu kommen. Ich könnte ihn spontan umarmen. Nochmal in der Hitze fast anderthalb Stunden zu fahren, muss nicht unbedingt sein. Wir verabreden uns für den morgigen Mittag. Unverrichteter Dinge fahren wir wieder zurück ins Ruhrgebiet. Der beste und müdeste Ehemann der Welt hat bei einigen Telefonaten herausgefunden, dass er noch irgendwelche Positionen in das Angebot einfügen muss. Also setze ich mich ans Steuer und er versucht, mit seinem Laptop über WLAN an dem Angebot zu arbeiten. Wir fahren auf die Autobahn und stehen sofort im Stau. Die an uns vorbeifahrenden Liefer- und Transportwagen kleben mit Augen wie Saugnäpfen an der Autoscheibe und glotzen zu uns herüber. Wir müssen ein Bild für die Götter abgeben: Lilli hechelnder Weise auf der Rücksitzbank neben dem Gatten mit Laptop auf dem Schoß und Handy in der Hand und ich als Frau am Steuer, schimpfend und verärgert, wahlweise über den Verkehr oder die Arbeitssucht des Gattens.

Zuhause geht jeder sofort in eine andere Richtung. Lilli ruht sich erstmal auf der Couch von der Autofahrt aus. Ian sitzt – wie sollte es auch anders sein – wieder im Büro vor seinem PC und ich reagiere mich im Garten ab, der, wie schon erwähnt, auch ein bisschen Arbeit vertragen kann. Wenn das Wetter schon gut ist, soll das auch ausgenutzt werden und so reinige ich bis spät in den Abend Terrasse und Gartenwege mit dem Hochdruckreiniger, um auch meinen ordentlichen Adrenalinschub abzuarbeiten.

COME ON BABY, LIGHT MY FIRE!

Deckversuchstag Nummer zwei bricht an und ich fühle mich irgendwie belämmert. Wir nehmen unsere zwei Hunde an die Leine und wollen vor dem zweiten Deckversuch eine schöne Runde spazieren gehen. Ich habe irgendwie nicht gut geschlafen und versuche, beim Spaziergang jedes Wenn und Aber zu bedenken. Gedanken, wie die Frage, ob das alles nicht zu viel für uns ist und wieviel Arbeit da wohl auf uns zukommt, wechseln sich ab mit einer leichten Panik, ob Lilli überhaupt noch gedeckt werden kann oder ob wir nicht schon zu spät dran sind. Ich fühle mich unentschlossen und der beste Ehemann der Welt, der nun auch ein bisschen ausgeschlafener ist, stoppt mein Hin und Her mit der Aussage, dass es jetzt doch eh schon zu spät wäre. Das finde ich nicht. Lilli könnte Galdino heute ja auch Migräne vortäuschen oder sonst wie unpässlich sein, um sich aus der Nummer zu retten.

Kurz nachdem wir zuhause angekommen sind, treffen auch Jürgen und Galdino ein. Jürgen, der ja vorgestern erst am Knie operiert wurde, hat die lange Fahrt und all die Umstände für uns in Kauf genommen. Was für ein Deckrüdenbesitzer. Ich bin echt dankbar, dass wir an ihn geraten sind. Wir trinken erstmal Kaffee und setzen uns ein bisschen ins Esszimmer, während Lilli und Galdino sofort nach draußen rennen und miteinander toben. Na, wenigstens da stimmt die Chemie. Auch jetzt ist Galdino spitz wie Nachbars Lumpi und macht Lilli ganz ohne Umschweife den Hof. Wir gehen nach draußen auf die Wiese. Ich sehe dem Werben von Galdino zu und hole noch schnell die Kamera von oben. Gestern hat es ja auch ziemlich lange gedauert und so bin ich der Ansicht, mir Zeit lassen zu können. Als ich zurückkomme, ist alles schon passiert. Galdino und Lilli sind voll bei der Sache. Soviel zum Thema „die Hündin braucht vertraute Menschen um sich herum". Meine geile Hündin hätte wohl auch den Müllmann als Begleitperson akzeptiert, solange der Rüde ein echtes Mannsbild ist. Nach getaner Arbeit hängen die beiden aneinander. Der Rüde muss nach dem Paarungsakt noch warten, bis sein Penis abschwillt und er sich im wahrsten Sinne des Wortes wieder zurückziehen kann. Beide Hunde müssen während dieser Prozedur gut festgehalten werden, da es durch eine ruckartige Bewegung oder den Versuch, sich schnell zu befreien, zu ernsthaften Verletzungen kommen kann. Lilli und Galdino stehen Po an Po auf unserer Wiese und ich bemerke, dass Ulli, meine liebe Nachbarin von nebenan, die gesamte Paarung live von ihrem Balkon miterleben konnte. Jetzt haben wir eine Hunde-Livepeepshow in unserem Garten. Ist mir irgendwie peinlich. Jürgen hat uns schon gesagt, dass Lilli, sobald sich die Hunde voneinander lösen, alleine ins Wohnzimmer gebracht werden muss. Zum einen, um Galdino nicht erneut in Versuchung zu führen und zum anderen wäre jegliches Herumgetobe nach der Paarung eher kontraproduktiv.

Jetzt geht's ans Klären aller Formalien. Jürgen hat eine Deckbescheinigung mitgebracht. Diese muss von ihm und mir ausgefüllt werden. Außerdem müssen wir ihm noch die Decktaxe bezahlen. Wir füllen aus und schreiben und bezahlen. Auch wenn Jürgen uns einen sehr guten Preis gemacht hat: billig geht anders. Aber wir wollten ja auch einen 1A-Deckrüden und nicht Nachbars Lumpi. Der hätte es wahrscheinlich auch umsonst gemacht.

Ich weiß nicht, ob ich glücklich oder erschrocken darüber sein soll, dass meine Hündin jetzt wahrscheinlich geschwängert wurde. Lilli steht vor der Wohnzimmertür und glotzt mich mit großen Augen an. Galdino scharwenzelt in der Wohnung herum und ist immer noch ein bisschen liebestoll, obwohl er sich ja schon einmal austoben konnte. Wir verabreden ein Nachdecken für den nächsten Tag und diesmal werden wir nach Rheinberg kommen. Das Nachdecken, 24 Stunden nach dem ersten Deckakt, ist wichtig, damit sich die Wahrscheinlichkeit einer Schwangerschaft der Hündin auf ein Maximum erhöht. Jürgen fährt nach Hause und wir bereiten ein Feiertagsgrillen mit einigen guten Freunden vor. Lilli ist, nachdem Galdino gegangen ist, endlich zu Ruhe gekommen.

Den ganzen lieben langen Tag wechseln sich die Freude darüber, dass es geklappt hat und die Sorge wegen der ganzen Verantwortung, Arbeit und natürlich auch den möglichen gesundheitlichen Risiken für Lilli ab. Als wir unseren Freunden am Abend vom Deckakt berichten, erzählt mir Gabi, eine sehr gute Freundin, dass ihre Hündin vor vielen Jahren auch mal aus Versehen gedeckt wurde und dass diese Zeit eine der schönsten ihres Lebens war. Sie merkt wohl, wie ambivalent ich bin und so malt sie mir ihre Welpenzeit in den schillerndsten Farben aus. Ich drück dich, Gabi. Auf einmal sind alle Sorgen weg und ich freue mich nur noch. Irgendwie werden wir das Kind, oder die Welpen, schon schaukeln.

SAME PROCEDURE AS YESTERDAY

Es ist Freitag und wir sind unterwegs nach Rheinberg, um Lilli nachdecken zu lassen. Heute ist der Verkehr auf jeden Fall erträglicher. Bei dem schönen Wetter ist entweder jeder im Kurzurlaub oder hält sich auf jeden Fall irgendwo auf, wo es luftig und landschaftlich schön ist und wo es vielleicht auch noch Wasser gibt. Nur Menschen wie wir verbringen einen solchen Tag im Auto – um ihren Hund zum Decken zu bringen. Lilli, wie üblich etwas gestresst, findet dann doch im Auto zur Ruhe. In Rheinberg angekommen geht es Jürgen leider nicht so gut. Die Autofahrt mit seinem lädierten Knie am Vortag hat ihn doch ziemlich mitgenommen. Der Arme. Dennoch, da müssen wir jetzt durch. Es geht wieder zum Schrebergarten und – same procedure as yesterday – nach kurzem Vorspiel hängen die beiden wieder Po an Po aneinander und wir müssen nur festhalten und aufpassen, dass alles gut geht. Wie fahren noch kurz zu Jürgens Wohnung, trinken schnell einen Kaffee und machen uns dann auf den anderthalbstündigen Rückweg. Ian und ich überlegen, was wir alles noch machen müssen und wollen, bevor die Welpen kommen. Wir brauchen eine Welpenbox. Der Raum neben der Garage, der später als Unterkunft für die Welpen dienen soll, muss noch entrümpelt und renoviert werden. Es liegt schon noch eine Menge Arbeit vor uns, aber wir freuen uns. Lilli legt sich zuhause sofort hin. Gut so, Schlaf hat schließlich noch keiner Schwangeren geschadet.

IST SIE ODER IST SIE ES NICHT?

In den nächsten Tagen beobachte ich Lilli, als wäre sie eine tickende Zeitbombe. Ist sie müder als sonst, ist sie aktiver, frisst sie schlechter? Obwohl alle Ratgeber mir den gleichen Ratschlag geben, nämlich, dass es einige Tage bis Wochen dauern kann, bis man vielleicht am Verhalten der Hündin merkt, ob sie aufgenommen hat oder nicht, glaube ich doch, Anzeichen zu erkennen. Oder nicht. Ich erinnere mich an meine eigene Schwangerschaft. Wie war das noch gleich? War mir direkt von Anfang an übel oder erst später? Ian ist mir auch keine große Hilfe, für ihn ist Lilli wie immer. Von mir bekommt sie Extrastreicheleinheiten sowie ein Extraleckerli hier und da. Der arme Loui, der noch nicht weiß, was auf ihn als Onkel im Rudel zukommt, profitiert hier natürlich mit. Der Gute hat jetzt schon ein paar Kilos zu viel auf den Rippen und fängt schneller als Lilli an, schwanger auszusehen. Lilli liebt ihre Frisbee nach wie vor heiß und innig und ist bei unseren Spaziergängen wild wie eh und je.

DIE TIERHEBAMME

Ich recherchiere weiter im Internet und stoße auf die sehr interessante Seite einer Tierhebamme. Aha, sowas gibt es also auch. Die Internetseite bietet einen Ultraschall für zuhause, Geburtsvorbereitungskurse und natürlich die Geburtsbegleitung. Ich bin sehr interessiert und kontaktiere die Dame. Sie erklärt mir vieles, was ich ohnehin schon weiß, bietet aber auch den Ultraschall bei uns zuhause an. Das wäre mir recht. Ich möchte Lilli ungerne den Stress einer Untersuchung in der Tierarztpraxis antun. So vereinbaren wir also einen Termin nach unserem Sommerurlaub in ein paar Wochen. Dann müsste Lilli so um den 24. Tag sein und man sollte auf jeden Fall etwas erkennen können. Die Hebamme empfiehlt mir auch, ihre Geburtsvideos anzusehen. Ich bin total neugierig und schaue mir die Geburt eines Retriever-Welpen an, die leider nicht so komplikationslos war. Anstatt mich so zu verhalten, wie man es beim Beipackzettel für Medikamente machen sollte (bei mehr als 10 Nebenwirkungen nicht mehr weiterlesen, sonst bekommt man garantiert die ein oder andere davon), sehe ich mir das Video nicht nur einmal, sondern insgesamt 10 Mal an. Es geht um die Geburt eines Golden-Retriever-Welpen (wie sollte es auch anders sein), bei der der Welpe fast tot auf die Welt kommt und nach vielen Belebungs- oder Wiederbelebungsversuchen der Hebamme doch noch überlebt. Auch wenn sich das Video schlussendlich als hilfreich bei Lillis Entbindung erweist, löst es bei mir zunächst Panik aus. Ich entscheide, dass es sicherlich sinnvoll wäre, die Frau bei der Geburt dabeizuhaben. Und natürlich einen guten Tierarzt im Hintergrund. So müsste es doch eigentlich klappen.

WURFANKÜNDIGUNG IN HÜLLE UND FÜLLE

Da unsere Stammbaum-Pedigree-Retriever-Hündin nun höchstwahrscheinlich schwanger ist, müssen auch umgehend Käufer für die zu erwartenden Welpen gefunden werden. Ich habe am Computer mit Ians Hilfe einen Flyer entworfen, den ich ausdrucke und bewaffnet mit Schere und Tesafilm in allen Ecken und Geschäften, die es mir erlauben oder mir dabei nicht so genau zusehen, aufhänge. Ich muss auch Wurfankündigungen im Kleintiermarkt und diversen anderen Internetanzeigenforen aufgeben. Gar nicht so einfach, so etwas zu entwerfen. Ich fange an, bei anderen Anzeigen nachzusehen. Ich muss das Rad ja nicht komplett neu erfinden. Aber klauen will ich auch nicht. Also wird hier verändert und da hinzugefügt. Am Ende kann sich meine Anzeige auf jeden Fall sehen lassen. Nur vernünftige Bilder haben wir noch nicht. Also ziehe ich mit unserem guten Freund Michael los und mache ein paar hoffentlich schöne Bilder unserer Hundedame. Zuhause ziehen wir die Bilder gleich auf den Rechner und siehe da: Es finden sich einige wirklich schöne Fotos von Lilli. Die laden wir dann auch gleich gemeinsam mit der Anzeige hoch. Jetzt müssen die potenziellen Käufer nur noch anrufen.

TELEFONHYPNOSE

Ich habe angefangen, mein Handy zu hypnotisieren. Es will und will nicht klingeln und wenn doch, dann sind es mit Sicherheit meine Eltern oder mein Gatte. Jetzt habe ich die Anzeige schon drei Tage online und nichts ist passiert. Zur Sicherheit kontrolliere ich im Stundentakt meine E-Mails und mein Handy. Man kann ja nie wissen. Manchmal rufe ich mich auch selbst an. Nur um zu sehen, ob das Teil auch funktioniert. Dann, am Mittwochmorgen, klingelt es und ich habe endlich eine Interessentin am Apparat. Ich bin total aufgeregt. Frau Peters scheint eine sehr nette Interessentin zu sein. Ich bin mir gar nicht sicher, wonach ich denn nun fragen soll. Ich habe sowas ja noch nie vorher gemacht. Vielleicht, ob sie überhaupt für einen kleinen Welpen sorgen kann, nach den Einkommens- und Wohnverhältnissen. Ich bin mir da wirklich nicht sicher. Wir unterhalten uns einfach nett und Frau Peters möchte Lilli gerne einmal unverbindlich kennenlernen. Wir verabreden ein Treffen am Wochenende hier bei uns. Anschließend bin ich total aufgeregt. Ich rufe erst Ian und dann Michael an. Wir haben eine Welpeninteressentin – wie cool ist das denn? Beide reagieren eher verhalten und hüpfen nicht vor Aufregung am Telefon herum. Na ja, ist mir auch egal. Jetzt muss ich erst mal Haus und Hund für das Wochenende vorbereiten.

HOHER BESUCH

Alles ist geputzt und wir haben auch noch strahlenden Sonnenschein. Lilli ist gebürstet und fein gemacht und der Besuch kann kommen. Ich habe Kekse gekauft, Kaffee gekocht und natürlich Lilli, Loui und Ian genauestens darüber informiert, wie der Besuch zu verlaufen hat. Lilli schnüffelt während meiner Rede an einer Frisbeescheibe, Loui geht wieder aufs Sofa und Ian scheint auch nur mit einem Ohr zuzuhören. Also an mir liegt es jetzt nicht, wenn die Familie sich gegen uns entscheidet.

Pünktlich um vier erscheint Familie Bokelmann-Peters an unserer Haustür. Sie haben zwei Kinder, Emma und Ben, mitgebracht. Alle machen einen sehr netten und sympathischen Eindruck auf uns. Wir gehen auf die Terrasse und zumindest bei Lilli scheint meine Ansprache gewirkt zu haben. Sie scharwenzelt um unseren Besuch herum, wedelt mit dem Schwanz und zeigt sich von ihrer besten Seite. Sie bringt die Frisbee und fängt an, mit den Kindern im Garten zu spielen. Alles ist sehr harmonisch. Frau Peters möchte gerne eine Hündin und ist genau wie ich Sozialpädagogin von Beruf. Sie möchte die Hündin vielleicht auch mal therapeutisch in den Gruppen, die sie betreut, einsetzen. Wir haben sofort ein gemeinsames Gesprächsthema. Über das Thema „Hundegestützte Therapie" habe ich damals meine Diplomarbeit geschrieben. Vor vielen Jahren war ich damit noch eine Exotin an der Universität Duisburg-Essen, mittlerweile gibt es ja massenhaft Literatur zu diesem Thema. Wir fachsimpeln also. Ich hole unsere Lilli-Mappe herunter. Darin haben wir alle Untersuchungsergebnisse, Beurteilungen, Papiere und Ausstellungserfolge dokumentiert. Alle sind sehr interessiert. Lilli gefällt Frau Peters und ihrem Lebensgefährten. Das beruht sicherlich auf Gegenseitigkeit. Lilli lässt sich kraulen, macht ihre großen Kulleraugen und versucht, mich tatkräftig bei der Welpenvermittlung zu unterstützen. Frau Peters ist auf jeden Fall interessiert und wir vereinbaren, in Kontakt zu bleiben. Mit ein paar Eiern von unseren glücklichen Hühnern (gilt das eventuell als Bestechungsgeschenk?) macht sich die Familie auf den Heimweg. Ian und ich sind begeistert. Eine wirklich nette Familie, die auch noch hier in der Nähe wohnt. So verlieren wir die Welpen doch nicht ganz aus den Augen. Das war ein schöner Anfang für die Welpenvermittlung.

BESUCH AUS ENGLAND

Es ist das letzte Maiwochenende und wir haben lieben Besuch von guten Freunden aus England. Lilli setzt immer noch ihr Pokerface auf und lässt uns nicht wissen oder auch nur erahnen, ob sie denn nun schwanger ist oder nicht. Wir unternehmen mit dem Hund lange Spaziergänge, auf denen Lilli Rob und meinen Mann reinlegt. Während sie schon längst mit ihrer Frisbeescheibe bei Robs Frau Jane und mir ist, suchen die beiden immer noch nach dem Spielzeug. Wir gehen auch am Baggerloch spazieren, allerdings lasse ich Lilli nicht ins Wasser. Aus meiner umfangreichen Literaturrecherche weiß ich, dass manche Fachleute davon abraten, eine tragende Hündin ins Wasser zu lassen. Es könnte dadurch zu Infektionen kommen. Da Lilli sowieso keine besondere

Wasserratte ist, macht ihr das auch nicht viel aus. Rob und Jane kannten Lilli vorher noch nicht und sind, wie sollte es auch anders sein, begeistert von ihr. Während Ian und Rob versuchen, meinen Welpenblog zu designen, spielt Lilli mit wachsender Begeisterung mit Jane. „You are coming to Cheltenham with us" ist einer der Sätze, den ich in diesen Tagen sehr oft von Jane zu hören bekomme. Auch wenn es unwahrscheinlich erscheint, nehme ich mir vor, die Koffer der beiden zu kontrollieren, sollte Lilli bei ihrer Abreise nicht auffindbar sein. Mit vielen Ausflügen, gutem Essen und viel Lachen verbringen wir ein schönes Wochenende und freuen uns ab Sonntag wie blöd auf unseren Urlaub in Holland.

HOLLAND

Der Besuch ist gut im Flugzeug verstaut, die Koffer sind gepackt, Hund und Kegel bereit für die Abfahrt in den Urlaub. Meine Eltern werden mit vielen guten Ratschlägen und Ermahnungen, vorsichtig zu sein, versehen, die Hühnersitter, Michael und unser Sohn, sind auch über alle Eventualitäten informiert und instruiert. Wir verstauen ächzend die Fahrräder auf dem Autodach, laden zu guter Letzt die Hunde ins Auto und los geht's. Lilli ist ja nicht so ein Fan vom Autofahren. Wir vermuten, dass sie sich das von unserem Beaglemischling Loui abgeschaut hat. Der hat schon im zarten Welpenalter einige wirklich schlimme Erfahrungen gemacht, zu denen als fünf Wochen alter Welpe auch eine Fahrt von Osteuropa nach Deutschland gehörte. Hier wechselte der Arme mehrfach den Besitzer und landet schließlich schwerkrank bei einer Pflegestelle in Gladbeck. Von dort haben wir ihn bekommen und Autofahren war, seit wir ihn haben, noch nie seine große Leidenschaft. Wie dem auch sei, mit fortgeschrittenem Alter ist Loui nun wesentlich entspannter beim Fahren, dafür macht Lilli jetzt die Welle. Sie kommt anfangs nicht zur Ruhe, hechelt viel und obwohl ich mit beiden Hunden auf der Rückbank sitze und sie streichele und massiere, will sie sich nicht hinlegen. Gegen Ende der Fahrt entspannt sie dann doch und wir kommen voller Erwartung in Callantsoog an. Hatten wir am Wochenende noch strahlenden Sonnenschein und Besuch, so scheint nun der Winter zurückgekehrt zu sein. Es weht ein kalter Wind und ich laufe an unserem ersten Tag mit Wollmütze und Winterjacke im Mai am Strand herum. Lilli scheint die Kälte nichts auszumachen. Sie liebt den Strand und rennt begeistert wahlweise hinter Möwen, ihrer Frisbee oder Loui her. Ich bin glücklich – endlich Ruhe, endlich am Meer und unser Ferienhaus ist wirklich wunderschön. Holland und seine Strände haben immer eine sehr entspannende Wirkung auf mich.

ERSTE ANZEICHEN

Die ersten zwei Tag in Holland sind vorbei und bei Lilli zeigen sich nun doch erste Anzeichen einer gewissen Morgenübelkeit. Sie will morgens generell nichts fressen, was Loui mit Begeisterung registriert. Morgen müssen wir Lillis Napf schnell wegstellen, um ganz sicher zu sein, bevor Loui ihn als zweites Frühstück verputzt. Ian und ich sind begeistert davon, dass Lilli scheinbar nun doch trächtig ist. Sie wird von uns mit Extrastreicheleinheiten und vielen Leckerlis versorgt. Ansonsten will Lillli aber keine Extrawurst. Ihre Frisbee muss apportiert werden und sie will auf jeden Fall am Fahrrad mitlaufen. Nachdem der Göttergatte ärgerlicherweise wie schon auf vielen Urlaubereisen zuvor noch die ersten zwei

Tage mit UMTS-Stick und Laptop für die Firma gearbeitet hat, kommen wir endlich langsam zur Ruhe. Auch das Wetter meint es jeden Tag besser mit uns. Nach winterlicher Kälte zeigt sich die Sonne nun immer mehr, obwohl der Wind noch ganz schön frisch ist. Wir genießen langes Ausschlafen, frühstücken in Ruhe, bummeln durch das kleine Dorf mit seinen netten Geschäften und gehen stundenlang in den holländischen Supermarkt. So kommt der Urlaub endlich in Schwung. Am Mittwoch kommen dann auch Freunde von uns an, die einen Wohnwagen ganz in der Nähe stehen haben. Auch sie haben seit Neuestem einen Hund. Als wir am Nachmittag kurz vorbeischauen – mit Lilli versteht sich, denn die beiden Hunde spielen immer toll miteinander – erschrecke ich. Sunny, die Hündin unserer Freunde, hat etwas an der Schnauze, das wie ein Geschwür oder viele Warzen übereinander aussieht. Normalerweise wäre mir das egal. Sunny hatte als Welpe eine sehr ansteckende Erkrankung und so war Lilli eine ganze Zeitlang der einzige Spielkamerad, den sie hatte. Normalerweise ist meine Hündin aber auch nicht trächtig. Ich bin unsicher, ob ich Lilli mit ihr spielen lassen soll oder nicht. Doch wir bleiben sowieso nicht lange und verabreden uns für Freitagabend bei den Freunden am Wohnwagen. Da können Lilli und Loui dann das Ferienhaus hüten.

SCHLAGANFALL UND ANDERE KATASTROPHEN

Es ist Donnerstag und Feiertag in Deutschland. Die Sonne strahlt nur so vom Himmel und wir wollen an den Strand. Strandmuschel, Badeklamotten (obwohl es dafür eigentlich noch zu kalt ist), Taschen mit Handtüchern, Getränke, Bücher und ein Drachen werden irgendwie auf dem Fahrrad verstaut und so zieht die Aldersche Karawane Richtung Strand. Auf halber Strecke klingelt mein Handy. Mit Lilli an der Leine, die wiedermal an selbiger zieht wie blöde, da sie wohl den nahen Strand riecht, versuche ich, mein Handy in einer der zehn Taschen und Tüten zu orten und den Anruf anzunehmen. Es ist mein Vater. Er ist durcheinander. Der Notarzt war gerade da. Meine Mutter hätte sich auf einmal sehr merkwürdig benommen und er habe erst den Notfallknopf vom Roten Kreuz betätigt, woraufhin der so herbeigerufene Helfer dann sofort den Rettungswagen alarmiert habe. Anschließend habe der Notarzt meine Mutter in die Stroke Unit des Knappschaftskrankenhauses einliefern lassen. Irgendwie erscheint mir die Szene surreal. Ich stehe bei strahlendem Sonnenschein an der Straße. Gutgelaunte Urlauber radeln oder gehen an uns vorbei, lächeln die Hunde an. Ian merkt schnell, dass etwas nicht stimmt. Wir gehen trotzdem an den Strand. Auch dort sitze ich im Sand, beobachte die Menschen und weiß doch, dass hier etwas nicht stimmt. Lilli will wie immer beschäftigt werden. Frisbee hier, Stöckchen da. Lange halten wir es dann doch nicht aus. Wir fahren wieder zurück. Ich versuche den behandelnden Arzt im Krankenhaus zu erreichen. Viel erfahre ich nicht, nur, dass sich ein Blutgerinnsel im Gehirn gebildet hat und meine Mutter jetzt im OP ist. Dort wird versucht, mittels eines Katheters, der zum Gehirn geführt wird, das Gerinnsel zu entfernen. Es besteht Lebensgefahr für meine Mutter. Wir überlegen, ob wir sofort zurückfahren sollen, sind dann aber so unentschlossen und beschließen, die OP abzuwarten. Ian versucht, mich aufzumuntern und schaut einen sinnlos lustigen Hollywoodfilm. Mir ist momentan nicht nach Lachen zumute. Ich drifte in Gedanken immer wieder zu meiner Mutter ab. So vieles geht mir durch den Kopf. Lilli merkt, dass irgendetwas nicht stimmt. Sie kuschelt sich zu mir und schaut mich mit ihren großen braunen Kulleraugen an. Gegen 23 Uhr erreiche ich endlich die diensthabende Ärztin. Meine Mutter hat die OP gut überstanden, das Gerinnsel konnte entfernt werden. Jetzt heißt es abwarten und Tee trinken. Mit einem dankbaren, aber unsicheren Gefühl, ob ich nicht doch zurück nach Herten fahren soll, gehe ich ins Bett.

Mit ähnlichen Gefühlen verbringen wir auch den Freitag. Die lockere Urlaubsstimmung ist dahin und es geht immer nur um die Frage, zurückfahren oder nicht? Ich will Lilli den Stress der Hin- und Herfahrerei eigentlich nicht antun, spüre aber gleichzeitig, dass mich das nicht abhalten darf. Doch wir haben uns den Urlaub so gewünscht. Ich telefoniere fast stündlich mit der Station im Krankenhaus. Meiner Mutter geht es den Umständen entsprechend gut. Sie spricht wieder, ist noch sehr schwach und hat leichte Lähmungserscheinungen. Zwischendurch versuche ich, mit meinem Tierarzt zu klären, ob das Gewächs an Sunnys Lippe für Lilli ansteckend ist oder nicht. Gute Frage, wenn sie den anderen Hund nicht sieht. Prophylaktisch rät sie uns, mit Lilli auf Distanz zu bleiben. Sollte es etwas Ansteckendes sein, könnte das auch den Welpen schaden. Als ich versuche, das so meiner Freundin beizubringen, spricht diese von einer Katastrophe. Auch sie hatte sich auf den gemeinsamen Urlaub mit gemeinsamen Strandtagen mit allen Hunden gefreut. Stattdessen ist jetzt Abstand angesagt. Sozusagen Winken aus der Ferne. Ich bin mir nicht sicher, ob es sich bei diesem Tatbestand um eine Katastrophe handelt. Schlimm? Ja. Unangenehm? Auf jeden Fall. Aber eine Katastrophe? Der Schlaganfall meiner Mutter scheint mir da eher eine zu sein. Die Freunde bestärken unsere Unsicherheit und raten uns ab, mit der schwangeren Lilli zurück nach Deutschland zu fahren. Wir könnten ja sowieso nichts machen. Ich spreche am Nachmittag kurz mit meiner Mutter und auch die meint in ihrem geschwächten Zustand, wir bräuchten nicht zurückzukommen. Wie kommt es dann, dass ich mich so gar nicht über den Urlaub freuen kann? Am Samstag gehen meine Freundin und ich ein bisschen bummeln. Ich stehe in einer kleinen Boutique und auf einmal ist mir klar: Ich muss zurückfahren. Ich entschuldige mich, fahre zum Ferienhaus, lade Ian, Lilli und Loui in den Wagen und los geht's. Interessanterweise ist Lilli auf der gesamten Rückfahrt entspannt und ruhig und kuschelt sich an mich. Um 22.45 Uhr am Samstagabend kommen wir am Krankenhaus an und ich kann endlich meine Mama sehen, drücken und ihr sagen, wie lieb ich sie habe. Die Schwestern sind einfach toll, drücken alle Augen zu und lassen mich bleiben, so lang ich möchte. Anschließend fallen wir todmüde ins Bett. Am nächsten Tag fahre ich zweimal zum Krankenhaus und als ich mit eigenen Augen sehe, dass es meiner Mutter besser geht, entscheiden wir uns am späten Sonntagabend, nach Holland zurückzufahren. Lilli tut mir echt leid. Sie erhält mit Sicherheit nicht die Aufmerksamkeit, die ihr als schwangerer Dame zustehen würde, aber sie ist erstaunlich ruhig und übersteht auch die Rückfahrt nach Holland mit Bravour. Die nächsten paar Tage fühlen wir uns, als hätte uns jemand mit der Bratpfanne vor den Kopf geschlagen. Dennoch genießen wir die restlichen vier Tage und versuchen, das Beste aus dem missglückten Urlaub zu machen.

ULTRASCHALL

Es ist Dienstag nach unserem Urlaub und die Tierhebamme ist für den Vormittag angemeldet. Wir haben bei uns zuhause gewissermaßen ein „Happening" organisiert, denn der Gatte ist da, außerdem Michael, der beste Freund der Welt und auch unser Sohn nimmt an der Veranstaltung teil. Ich sollte Eintritt nehmen, so kämen dann auch die ganzen Unkosten wieder herein. Die Dame erscheint fast pünktlich auf die Minute und wird von Lilli stürmisch begrüßt. Ob die Gute schon mehr weiß als wir, die wir jetzt auf Babysuche gehen? Mit der Hebamme erscheint ein riesiger Koffer, aus dem im Wohnzimmer ein etwas ältlich aussehendes Ultraschallgerät ausgepackt wird. Verglichen mit dem Ultra-3D-Farb-Schwarzweiß-Turbogerät meines Hausarztes scheint das Teil schon etwas in die Jahre gekommen. Na egal, Hauptsache, es funktioniert. Lilli legt sich ganz entspannt auf den Teppich. So routiniert, die ahnt doch was. Ihr Bauch wird mit viel Ultraschallgel eingerieben und alles, was ich sehe, sind Wolken im dunklen Gewittersturm. Lilli schaut professionell interessiert auf den Bildschirm, genauso wie der Rest der Anwesenden und alle tun so, als würden sie etwas erkennen. „Da ist ja eins, da noch eins und da bewegt sich auch eins", meint die Hebamme. Aha! Sie zählt so zwischen sechs und sieben Welpen. Ich hoffe, dass die Gute nicht Lillis Darmschlingen gezählt hat und freue mich. Wir sitzen noch kurz auf einen Kaffee am Küchentisch zusammen, hören uns Horrorgeschichten über eingegangene Würfe an, erhalten noch einen Hundemutterpass (wie süß ist das denn?) und fort ist sie. Wir sehen uns an und freuen uns. Lilli wedelt mit dem Schwanz und guckt ganz verklärt. Sind das die Freuden einer werdenden Mama?

ZWISCHEN BANGEN UND HOFFEN

Unsere Lilli befindet sich nun am 34. Tag ihrer Trächtigkeit und so ganz langsam kann man erahnen, dass da was im Busch ist. An Körperumfang hat sie noch nicht besonders viel zugelegt, aber die Zitzen sind definitiv größer geworden. Das tut ihrer Bewegungs- und Spielfreude jedoch keinen Abbruch. Sie ist immer für einen Spaziergang zu haben, begleitet mich auf meinen Fahrradtouren in die Stadt (die allerdings wesentlich gemütlicher als sonst ausfallen) und apportiert mit Freude alles, was ihr vor die Schnauze kommt. So weit, so gut. Ich muss mich nun, neben all den Vorbereitungen für die Welpen, um meine kranke Mutter kümmern. Sie ist zunächst in die stationäre Rehabilitation gekommen und so muss neben Arbeit, täglichen Besuchen im Krankenhaus und den Hunden geklärt werden, wie es mit ihr weitergehen wird. Bei einem Gespräch mit der Sozialarbeiterin im Krankenhaus legt diese mir nahe, möglichst schnell einen Platz in der Kurzzeitpflege für sie zu suchen. Das sind erstmal böhmische Dörfer für mich. Ich hatte bis dato geglaubt, viel über Pflege und so weiter zu wissen, stelle aber schnell fest, dass ich gar nichts weiß. Es ist wirklich schwer, zu sagen, wie meine Mutter sich weiterentwickeln wird. Mal geht es ihr besser und sie scheint klar mit ihren Gedanken zu sein und mal ist sie wirklich durcheinander. Ich fühle mich in dieser Zeit manchmal sehr müde und traurig. Meine Mutter ist auf jeden Fall nicht mehr die Alte. Sie so zu sehen, ist nicht schön. Da freut es mich umso mehr, nach Hause zu kommen und von Lilli und Loui begrüßt zu werden. Auch die Spaziergänge helfen, den Kopf frei zu bekommen. Dennoch kommen unsere beiden Hundis in dieser Zeit manchmal zu kurz. Ich fange an, zuerst gemeinsam mit meinem Vater, später dann alleine, die Pflegeheime unserer Stadt abzuklappern und stelle fest, dass es bei Weitem nicht besonders einfach ist, einen pflegebedürftigen Angehörigen mal eben irgendwo unterzubringen. Die Besuche bei meiner Mutter, die Versorgung des Vaters und all die anderen Aufgaben stressen mich bisweilen schon sehr. Aber manches klärt sich dann doch mit Gottes Hilfe. Ich finde quasi bei uns um die Ecke einen Pflegeplatz in einem wirklich schönen Seniorenheim. Da kann ich sogar mit dem Fahrrad hinfahren und Lilli kann mich begleiten. Wie praktisch. Ich bereite den Umzug meiner Mutter vor und nehme Lilli öfter mit ins Heim. Sie ist schon jetzt der Renner dort. Die schwangere Lady genießt die Aufmerksamkeit und freut sich ihres Lebens.

WIE MAN EINE WURFBOX BAUT

Jetzt, wo wir wissen, dass Lilli in anderen Umständen ist, machen wir uns an die Vorbereitung für die Ankunft der Welpen. Das Wichtigste ist eine solide gebaute Wurfbox. Darin werden die Welpen zusammen mit der Mutter die ersten Wochen ihres Lebens verbringen. Sie muss den Welpen die Geborgenheit einer kleinen Höhle bieten. Wichtig ist, dass die Seiten einen Schutz haben, so dass die Hündin sich nicht versehentlich auf einen der Welpen legen und ihn erdrücken könnte. Der Göttergatte versichert mir, dass das kein Problem darstellt. Also drucke ich einige Vorschläge für Wurfboxen aus dem Internet aus, finde noch zwei Baupläne in meiner umfangreichen Literatur und nun ist das Ganze wirklich kein Problem mehr. Das „Nicht-Problem" entpuppt sich am Samstag dann aber doch als größeres Unterfangen, nämlich als der Gatte und ich im Baumarkt stehen und anfangen, über Baumaterial für Wurfboxen zu diskutieren. Abgesehen davon, dass man am Samstag in Hertens einzigem Baumarkt immer dem einen oder anderen Bekannten über den Weg läuft, kommen wir auch so nicht weiter. Ian möchte einen PVC Belag für den Boden, ich möchte lieber Laminat mit dem Blauen Engel darauf. Er möchte OSB-Holzspanplatten, ich habe Angst, dass diese splittern könnten und möchte lieber das teurere Fichtenholz. Als wir uns einer Ehekrise mittleren Ausmaßes nähern, entscheiden wohl Hunger und Erschöpfung und wir einigen uns auf OSB-Holzplatten, die aber mit einem umweltfreundlichen Lack gestrichen werden, damit ich die Box leichter reinigen und kein Holz absplittern kann. Als Bodenbelag entscheiden wir uns für ein Klicklaminat, natürlich auch mit dem Blauen Engel, nachdem ich in vier weiteren Baumärkten angerufen habe und es überall keinen PVC-Belag ohne Weichmacher gab. Der ganze Spaß kostet uns mal eben 375 Euro und so wie ich uns kenne, haben wir bestimmt die Hälfte vergessen, was dann noch einmal 375 Euro ausmachen wird. Bis unter die Motorhaube beladen kommen wir zuhause an und Ian macht sich gleich an die Arbeit. Lilli steht erwartungsvoll daneben und bringt zwischendurch immer wieder mal ihre Frisbee vorbei. Wurfkiste hin oder her, es muss schließlich auch gespielt werden. Das Wetter ist gut und so bauen wir auf der Terrasse vor uns hin. Dabei beschäftigen wir die werdende Mutter natürlich gleichzeitig mit ihrer geliebten Wurfscheibe.

ARBEIT, ARBEIT, ARBEIT!

Wir gehen davon aus, dass die Welpen bei einer 63 Tage dauernden Trächtigkeit um den 15. Juli geboren werden. Das heißt uns bleiben noch vier Wochenenden, um alles vorzubereiten. Dazu gehört auch, einen Raum zu schaffen, in dem die Welpen bleiben können, wenn wir anfangen beizufüttern. Bis dahin übernimmt Lilli (hoffentlich) die Pflege und Säuberung der Welpen. Sobald aber zugefüttert wird, ist davon auszugehen, dass Lilli alles, was die Welpen so von sich geben, links liegen lassen wird. Wir haben praktischerweise einen für diesen Zweck tollen Raum im Garten. Mit verschließbarer Tür und Fenster wäre er der ideale Raum für diese Zeit mit den Welpen. Hier liegt die Betonung auf wäre, denn der Raum ist bis unter die Decke vollgestopft mit allem möglichen Krempel und eigentlich bis auf 2 cm^2 nicht wirklich zu betreten. Der Vorbesitzer unseres Hauses war ein Jäger und Sammler und wir haben das Haus zwar günstiger übernehmen können, aber das lag auch daran, dass wir uns verpflichtet haben, für die Entsorgung von all dem Müll zu sorgen. Wenn man also bedenkt, dass wir im Jahr 2011 unser Haus gekauft haben und auch dort eingezogen sind, liegen wir doch gut in der Zeit, wenn wir vier Jahre später anfangen, auch diese Ecke zu entrümpeln. Also müssen die Wochenenden gut durchorganisiert werden, da wir alles fertig haben wollen, wenn die Babys kommen. Hehre Ziele, an deren Verwirklichung wir später kläglich scheitern werden, aber die Hoffnung stirbt bekanntlich zuletzt. Punkt eins auf unserer To-Do-Liste ist, den Raum freizuräumen und dabei brauchbaren von unbrauchbarem Müll zu trennen. Also bestellen wir einen riesigen Container und räumen aus und auf. Es gibt Diskussionen, weil einer von uns garantiert irgendein Teil behalten möchte, das der andere entsorgen will. Irgendwann sind wir es leid und beschließen radikal, alles zu entsorgen und nur das Altmetall, für den Schrotthändler, auf-zubewahren. Als wir den ersten Quadratmeter rausgeschafft haben, stellen wir fest, dass der ganze Raum mit Kot von Mäusen oder Ratten übersät ist. Irgendwie haben es die Biester geschafft, Zugang zu bekommen und sich dort häuslich niederzulassen. Ich mache mir wirklich Gedanken, ob der

Raum jetzt für die Welpen noch brauchbar ist, denn solche Tiere, gemeinhin auch Ungeziefer genannt, können auf jeden Fall auch Krankheiten übertragen, die für Mensch und Hund gefährlich sind. Ian verspricht mir, den Raum keimfrei zu bekommen. Wie ihm das gelingen soll, ist mir ein Rätsel, da es aber keine brauchbaren Alternativen gibt, arbeiten wir einfach weiter.

ENDSPURT

Uns stehen nun nicht mehr viele Wochenenden zur Verfügung und abgesehen von etwa hundert anderen Aufgaben sind weder die Welpenbox noch der zukünftige Welpenwohnsitz auch nur annähernd fertig. Für all diese Arbeiten müssen wir in erster Linie die Wochenenden nutzen, da wir in der Woche ganz gut mit der Arbeit und der Versorgung meiner Eltern zu tun haben. Auch wenn ich handwerklich bestimmt nicht unbegabt bin, traue ich mir den Bau einer Welpenbox doch nicht zu. Ich streiche bei gutem Wetter die Wände der Box und stelle gemeinsam mit dem besten Ehemann der Welt fest, dass eine Farbschicht auf keinen Fall reicht. Das Holz splittert immer noch und so muss ich erneut eimerweise Farbe im hiesigen Baumarkt besorgen. Mittlerweile wäre die Box aus dem Internet um Längen günstiger gewesen, aber gelegt ist gelegt und so werkeln wir munter vor uns hin. So langsam nimmt das gute Stück dann auch Gestalt an und am vorletzten freien Wochenende vor der Geburt ist die Box endlich fertig. Die schwangere dicke Lilli und Ian bauen im Wohnzimmer gemeinsam die Box auf, wobei Lilli dabei mehr die Begutachtung der ganzen Angelegenheit übernimmt. Ich schaue ab und zu rein und bin begeistert, dass wenigstens das jetzt erledigt ist. Wir machen dann auch jede Menge Fotos von dem fertigen Teil. Lilli in der Wurfbox, Ian in der Wurfbox, Christine und Lilli in der Wurfbox. Jede Variante wird abgelichtet, aber die Box ist auch wirklich toll geworden. Mit Abstandshaltern an den Seiten, die verhindern, dass die Hündin einen Welpen erdrücken könnte, und einem Törchen mit Herzchen darauf. Jetzt können die Babys kommen.

BAUARBEITEN

Getreu dem Motto „Schlimmer geht immer" steht uns jetzt auch noch die Sanierung unserer Terrasse ins Haus. Schon vor zwei Jahren geplant (siehe Zeitplan beim Aufräumen des Welpenhäuschens), ist dem ausführenden Bauunternehmer jetzt doch die Geduld ausgegangen, was er uns bereits im Juni unmissverständlich mitgeteilt hat. Wir haben uns auf Anfang Juli geeinigt, was bedeutet, dass wir nun auch noch die Handwerker im Haus haben. Da wir bereits im Frühjahr beschlossen haben, auf einem Teil der Terrasse anzubauen, muss auch nur die halbe Terrasse erneuert werden. Das bedeutet aber auch, dass die alten Fliesen und der darunterliegende Estrich herausgerissen werden müssen. So etwas geht selten leise vonstatten. Tagelang rattert der Abbruchhammer im Garten. Es gibt keinen Ort im ganzen Haus oder Garten, der von dem Geräuschmüll verschont bleibt. Ich beneide Ian. Der verlässt frühmorgens das Haus und kommt meistens erst am späten Abend zurück. Ob das Absicht ist? Die schwangere Lilli, der sichtlich genervte Loui und ich bleiben einsam zurück. Es ist jetzt fast Hochsommer und mittlerweile auch sehr warm geworden. Lilli wird immer dicker und auf lange, ausgiebige Spaziergänge am Tag verzichte ich deshalb. Am Abend sind die Bauarbeiter dann endlich weg und es ist kühl genug, um noch eine gemütliche Schwangerschaftsrunde zu drehen. Die Frisbee liegt traurig vor der Haustür herum und Lilli watschelt langsam vor sich hin.

WAS SONST NOCH ALLES REPARIERT WERDEN KÖNNTE

Nachdem der obere Teil der Terrasse mit viel Lärm und Staub entfernt wurde, stellt der Bauunternehmer fest, dass es Risse im Betonboden gibt. Das bedeutet, dass neue Fliesen, falls diese auf diesem Betonboden verlegt werden, reißen könnten. Das wollen wir natürlich nicht, aber das bedeutet gleichzeitig mehr Lärm und Staub, denn der alte Betonuntergrund muss jetzt auch mit allem was dazugehört herausgerissen werden. Das einzig Gute ist, dass ich mittlerweile Sommerferien habe und mir so zumindest der zusätzliche Arbeitsstress erspart bleibt. Allerdings weiß ich nicht, was mich jetzt mehr stressen würde: Kinder zu unterrichten oder mich hier dem Lärm auszusetzen. Ich tröste mich mit der Tatsache, dass der Lärm ja irgendwann ein Ende haben muss. In einem Anfall von geistiger Umnachtung lade ich meinen Vater, die zukünftigen Schwiegereltern meines Sohnes, Sohn und zukünftige Schwiegertochter zum Grillen ein. Das Wetter ist einfach zu verlockend und ich liebe es, im Sommer zu Grillen. Laue Sommerabende auf der Terrasse, gutes Essen, nette Gesellschaft. Leider habe ich bei meinen Tagträumen vergessen, dass fast zwei Drittel unserer Terrasse in Schutt und Asche liegen, mein Vater noch nichts von Lillis Schwangerschaft weiß und wir eigentlich genug um die Ohren haben. Und so werkele ich Anfang Juli in der Küche vor mich hin und hoffe, dass keiner der eingeladenen Gäste das Chaos hier bemerkt. Dazu gehört auch, dass wir in weiser Voraussicht, da mein Vater durch den Schlaganfall meiner Mutter etwas aus dem seelischen Gleichgewicht ist, die Ankunft der Welpen erst einmal verschwiegen haben. Seine Aufregung darüber, dass jetzt auch noch Hundenachwuchs ins Haus steht, wäre mit meiner Mutter im Pflegeheim und den Vorbereitungen für die Geburt auch für uns nicht hilfreich. Am Grillabend wirkt Lilli dicker als jemals zuvor. Meinem Vater scheint das nicht aufzufallen, vielleicht will er es ja auch nicht sehen. Trotz einer halben Terrasse und den Versuchen, die schwangere Lilli dezent zu verstecken (was sich bei dem Bauchumfang als schwierige Aufgabe erweist), wird es ein gelungener Abend. Als erst einmal alle satt sind, fange auch ich an, den Abend zu genießen. Später setze ich mich mit Lilli und einem Glas Wein auf die Wiese. Ich schaue in den Abendhimmel, streichele meinem Mädchen den Bauch und genieße die Ruhe. An was Lilli wohl denkt? Bestimmt an die Würstchenreste, die in der Küche auf dem Teller liegen. So genießt jeder den Rest des Abends auf seine Weise.

SUPERGAU

Wir schreiben den 13. Juli und warten auf die Welpen. Der errechnete Geburtstermin wäre ja der 63. Tag, also der 16. Juli. Ich habe angefangen, Lillis Temperatur zu messen. Normalerweise beträgt die Temperatur der Hündin rektal gemessen zwischen 38 und 38,5°C. Zirka 24 Stunden vor der Geburt sinkt die Temperatur der Hündin dann stark ab. Dies ist ein Zeichen dafür, dass die Geburt in den nächsten Stunden einsetzen wird. Ich bin ganz stolz auf mich und habe sogar am Computer eine Tabelle entworfen, in die ich die gemessenen Daten eintrage. Lilli findet die Prozedur nicht so pralle, lässt aber in ihrer braven Lilli-Manier auch das über sich ergehen. Wir sind auf jeden Fall bereit. Auch wenn das Welpenhäuschen noch nicht ganz fertig ist, so sind die Welpenbox sowie Unmengen an gewaschenen Decken und Handtüchern bereit für die Geburt. Ich habe heute noch im Sanitätshaus zwei Inkontinenzunterlagen gekauft. Für den Fall der Fälle. Auch diese sind bereits gewaschen und liegen neben der Wurfbox auf den Decken. Ian und ich albern am Abend blöd herum. Wir setzten uns in die Wurfbox, während Lilli davorsteht und uns ansieht. In der Wurfbox liegen auch schon gewaschene Steppdecken und zwei Kuscheldecken bereit. Lilli liebt die Box und versucht, sich jetzt zwischen Ian und mich zu quetschen. Ich stehe auf, will noch etwas in der Küche erledigen und streichele Lilli in Gedanken über den Kopf. Etwas Braunes huscht über Lillis Kopf, um meiner Hand zu entkommen. Ian hat es auch gesehen. Während mir das Herz langsam in die Hose rutscht, schauen wir uns wortlos an. Etwas Braunes auf dem Kopf bedeutet schlimmstenfalls Flöhe und die können wir jetzt überhaupt nicht gebrauchen. Ian untersucht Lillis Kopf und ist schneller als das braune Etwas. Wir rennen in die Küche und legen es in eine Schüssel mit Wasser. Es ist ein Floh. Ich rase, mit einem Zwischenstopp an der Kiste mit den Hundeutensilien, zurück zu Lilli und kämme sie mit dem Flohkamm. Wir finden drei weitere Flöhe auf ihr. So etwas haben wir in über 20 Jahren als Hundehalter noch nicht erlebt. Unser erster Retriever Sophie kam mit einer ganzen Armee von Flöhen frisch vom Bauernhof bei uns an. Ich erinnere mich noch gut an meine zerstochenen Beine. Das Problem haben wir dann aber nach einiger Zeit und mithilfe von viel Chemie und gutem Willen wieder lösen können. Aber viel Chemie und eine trächtige Hündin kurz vor der Geburt, das passt irgendwie nicht zusammen. Viele Flöhe, Welpen und eine säugende Hündin passen aber auch nicht zusammen. Weder der Schlaganfall der Mutter noch die Bauruine auf der Terrasse noch all der sonstige Stress haben mich geschafft, aber jetzt fehlen mir schlicht die Worte. Ich heule. Wer Hunde hat und sich mit Flohbefall auskennt, weiß dass sich die meistens Flöhe in der Umgebung des Tieres aufhalten. Bei drei gefundenen Flöhen auf Lilli macht das eine Menge Flöhe in der Umgebung aus. Ich sehe die Berge an frisch gewaschenen Decken und Handtüchern, die herausgeputzte Wurfbox und meine schwanzwedelnde Lilli an. Sie hat es nicht so mit meinem Geheule. Immer wenn ich weine, versucht sie, mich entweder aufzumuntern und scharwenzelt schwanzwedelnd um mich herum oder sie verzieht sich einfach in eine Ecke getreu dem Motto: „Lass die Alte doch heulen, Hauptsache es gibt später Futter". Jetzt schaut sie mich mit ihren großen unschuldigen Augen an und weiß noch nicht, was da alles auf sie zukommen wird. Wir untersuchen Lilli nochmal sehr genau, finden aber zum Glück keine weiteren Flöhe und beschließen wie Scarlett O'Hara in „Vom Winde verweht", alles erstmal auf morgen zu verschieben.

WIE MAN SEINE TRÄCHTIGE
HÜNDIN VOM FLOH BEFREIT

Ich werde an diesem Morgen sehr früh wach und versuche, mich dem Tag zu stellen. Mir ist schon klar, dass ich all die gewaschenen Decken und Handtücher noch einmal bei mindestens 60°C waschen muss, falls Familie Floh sich dort bereits breitgemacht hat. Mir ist auch klar, dass irgendetwas mit Lilli geschehen muss. Flohbefall auf Welpen ist mit Sicherheit nicht gesundheitsförderlich und zukünftige Welpenkäufer könnten eventuell auch abgeschreckt werden, wenn sie nach einem Besuch bei uns zerstochen nach Hause gehen. Ich rufe sofort in meiner Tierarztpraxis an und schildere das Problem. Es gibt ein Anti-Floh-Medikament, das auch für trächtige und säugende Hündinnen geeignet ist. Ich bin total erleichtert. Den Rest der Wohnung sollen wir natürlich gut behandeln, inklusive Decken, Handtücher, Wurfbox, Wohnzimmercouch und Wohnzimmer, da Lilli sich dort immer aufhält und die Wahrscheinlichkeit groß ist, dass es dort in der Umgebung Flöhe oder zumindest bereits gelegt Floheier gibt. Auch unser Beaglemischling Loui muss mitbehandelt werden. Ian und ich versuchen bei einer Tasse Tee, einen Schlachtplan zu entwickeln. Er muss heute arbeiten und ich werde anfangen, alle Decken und Handtücher zu waschen und hoffentlich bei dem schönen Sommerwetter auch bis zum Abend zu trocknen. Zwischendurch besorge ich das Flohmittel, das ich, weil es so selten verschrieben wird, in der Apotheke bestellen und später abholen muss. Dann werde ich die lokalen Hundeläden abklappern und nach geeigneten Anti-Floh-Umgebungssprays absuchen. Vorher werde ich dazu auch im Internet recherchieren, denn nicht alle Chemie ist für Mama und Babys geeignet. Wenn Ian dann von der Arbeit kommt, werden wir Lilli und Loui aussperren, das Wohnzimmer putzen und anschließend mit den hoffentlich zur Verfügung stehenden Mitteln behandeln. Anschließend werden wir beide Hunde baden und dann mit dem Antiflohmittel aus der Apotheke behandeln. So könnte es gehen. Ich belade die Waschmaschine mit dem ersten Schwung Handtücher und durchsuche das Internet. Eine ganz genaue Auskunft erhalte ich dort nicht. Schließlich fahre ich zum ansässigen Tierladen und hoffe dort auf fachkundige Beratung. Aber auch hier werde ich nicht richtig schlau. Klar, keiner will mir bei der Problematik einer trächtigen Hündin etwas empfehlen und dann hinterher die Verantwortung für Welpen übernehmen, die durch Chemie geschädigt mit zwei Köpfen zur Welt kommen. Letztendlich entscheide ich mich einmal für die Chemiekeule, um den Boden im Wohnzimmer zu behandeln, und für ein Spray auf Ölbasis für die Couch und die Wurfbox. Das Wirkprinzip dabei ist, dass die Flöhe und deren Eier so mit dem Öl umhüllt werden, dass sie dadurch praktisch ersticken. Auch kein schöner Tod, aber darauf kann ich nun wirklich keine Rücksicht nehmen. Ich kaufe alles, was der Laden hergibt, fahre anschließend zur Apotheke und kaufe dort Flohmittel für 95,59 Euro. Macht summa summarum mit den Flohsprays, den Waschmitteln, Wasser- und Stromverbrauch für zehn Maschinen Wäsche ca. 250 Euro. Das nenne ich mal einen Luxusflohbefall. Zwischen all dem Chaos hier müssen die Handwerker noch mit Kaffee und Wasser versorgt werden, meine Mama im Heim besucht und mein Vater bekocht werden. Hunde züchten macht auf jeden Fall schlank. Ich komme selten zum Essen, was mir bestimmt nicht schadet und wenn, dann wird nur pure Nervennahrung in Form von Schokoladenkeksen reingestopft. Als Ian so gegen fünf nach Hause kommt, greift dann unser Plan B: Hunde aus dem Wohnzimmer werfen und alles, aber auch wirklich alles absaugen. Die Couch ist komplett mit Stoff bezogen, das dauert schon eine geschlagene Dreiviertelstunde. Anschließend wird alles großzügig mit der Chemiekeule und Ölspray behandelt. Dann alle Fenster und Türen schließen, eine halbe Stunde warten (wir warten sicherheitshalber eine Stunde) und anschließend den Raum mindestens eine Stunde lang gut durchlüften. Ich habe in der Zwischenzeit alle schon gewaschenen Handtücher und Decken in der oberen Etage weit weg von Lilli und ihrem Flohzirkus verwahrt. Als auch das erledigt ist, essen wir eine Kleinigkeit, atmen tief durch und nehmen Anlauf für den nächsten Schritt. Lilli und Loui werden mit dem Ölshampoo gründlich mariniert, müssen dann eine Viertelstunde durchziehen und anschließend gründlich abgewaschen werden. Dann, nach dem Trocknen mit dem Föhn, das Flohmittel auf den Nacken träufeln und fertig.

Gesagt, getan. Unsere arme zum Platzen dicke Lilli und unser Pflegefall Loui, der Wasser sowieso mehr hasst als alle Tierärzte dieser Welt zusammen, merken schnell, dass da was im Busch ist. Ins Badezimmer geht es sonst nur zu besonderen Gelegenheiten wie Weihnachten oder zu anderen gesetzlichen Feiertagen. Wir werden misstrauisch begutachtet und müssen die beiden dann an Schwanz und Ohren (nein, liebe Tierfreunde, haben wir natürlich nicht so gemacht, nur am Halsband) ins Badezimmer ziehen. Obwohl wir mit Leckerchen bestechen, was das Zeug hält, sitzen die beiden zitternd nebeneinander und wissen nicht, was hier mitten im Sommer auf einmal los ist. Ich mache mir ernste Sorgen um Lilli. Sie erlebt schon so viel Neues durch ihre erste Trächtigkeit und jetzt auch noch das. Ich streichele mein patschnasses Mädchen, rede ihr gut zu und wir versuchen, die ganze Prozedur so schnell wie möglich zu beenden. Frisch gebadet und geföhnt mit dem Flohmittel im Nacken, lassen wir die beiden dann auch wieder in das zwischenzeitlich mehr als gut gelüftete Wohnzimmer. Ich hole noch Decken und Handtücher, lege die Wurfbox neu mit Decken aus und wir befinden uns wieder auf dem Stand von gestern Abend. Alles was ich jetzt noch will, ist mein Bett.

DENN ERSTENS KOMMT ES ANDERS UND ZWEITENS ALS MAN DENKT

Unser armes trächtiges Mädel sitzt frisch geduscht vor uns auf der Couch und hechelt, was das Zeug hält. Wir warten und hoffen, dass dieses Hecheln auf die ganze Aufregung durch das Duschen zurückzuführen ist. Ans Temperaturmessen habe ich bei all dem Flohzirkus hier natürlich nicht mehr gedacht. Ian und ich sind total übermüdet und eigentlich schreit alles in uns nur noch „schlafen, schlafen, schlafen". Nach einer weiteren halben Stunde Wartezeit wird klar, dass sich hier doch tatsächlich die Geburt der Welpen anzukündigen scheint. Ian ist so müde, dass wir vereinbaren, uns mit Lillis Betreuung abzuwechseln, damit wenigstens einer von uns schlafen kann. Also mache ich es mir mit Lilli im Wohnzimmer gemütlich und der Göttergatte entschwebt nach oben ins Schlafzimmer. Es sei ihm gegönnt, immerhin will er mich ab 2.30 Uhr bei der Wache ablösen. Jetzt ist es 22.30 Uhr. Ich sitze mit Lilli und Loui auf der Couch und harre der Dinge, die dann hoffentlich bald kommen werden. Lilli ist unruhig. Sie geht in die Wurfbox, ich hinterher. Ich will ihr jetzt das Gefühl geben, dass sie nicht alleine ist. Sie dreht sich mehrmals um die eigene Achse und scharrt in den frisch gewaschenen Decken, bevor sie sich endlich hinlegt. Ich sitze neben ihr in der Wurfbox und versuche, wach und munter zu bleiben. Lilli hechelt fast ununterbrochen, während ich sie streichele und ihr gut zurede. Es setzt eine kleine Wanderung zwischen Wurfbox und Couch ein. Loui schläft tief und fest auf der Couch und linst höchstens mal mit einem halb geöffneten Auge zu uns herüber. Ich beneide ihn ein bisschen. Endlich ist es Zeit, um Ian zu wecken. Ich schlurfe wie eine müde

Schnecke die Treppe hoch, rüttele ihn wach und falle in einen ohnmachtsähnlichen Schlaf.

Um 6 Uhr morgens werde ich wiederum von Ian wachgerüttelt. Lilli gehe es gut und er müsse jetzt noch mal eben zu einem Kundenbesuch ins Sauerland fahren. Ich bin noch jenseits von Gut und Böse und anstatt den Gatten am Schlafittchen zu packen und anzuschreien, ob er noch alle beisammen hat, mich mit einer in den Wehen liegenden Hündin um 6 Uhr morgens alleine zu lassen, um ins Sauerland (ins Sauerland!!!) zu fahren, obwohl er mir hoch und heilig versprochen hat, bei der Geburt hier zuhause zu sein, drehe ich mich nur um, murmele „OK, bis später" und schlafe hundemüde augenblicklich wieder ein – nur um etwa 10 Minuten später von einer hechelnden Lilli, die vor meinem Bett steht und mich anstupst, erneut geweckt zu werden. Ich rufe nach Ian, aber der hat in weiser Voraussicht schon das Weite gesucht. Ich schäle mich aus dem Bett und gehe mit Lilli nach unten auf die Couch. Das Hecheln ist keinen Deut besser geworden und ich frage mich mit einsetzendem Wachwerden, was genau Ian meinte, als er sagte, Lilli gehe es gut. Der Hund legt sich neben mich, steht wieder auf, hechelt ununterbrochen und mir wird langsam klar, dass ich hier alleine auf weiter Flur bin. Ich kann es nicht glauben und, wie sollte es auch anders sein, erreiche Ian über sein Handy nicht. Ich rufe unseren guten Freund Michael an. Der hat die Schwangerschaft von Lilli ja schon miterlebt und kennt unsere Hunde in- und auswendig. Wenn mir einer helfen kann, dann sicherlich er. Um 6.40 Uhr rufe ich an und erreiche ihn auch sofort. Klar kommt er mir helfen, Michael, der Retter in der Not. Mir fällt ein Riesenstein vom Herzen und während ich noch überlege, ob ich alle Schlösser austauschen soll, um den Gatten wegen Nichtanwesenheit bei der Geburt des Hauses zu verweisen, macht Lilli mich darauf aufmerksam, dass es jetzt wirklich wichtigere Dinge zu organisieren gibt. Ich lege Handtücher auf die Couch – man kann ja nie wissen – und mache mir erstmal einen Kaffee. Micha hat gesagt, dass er um 8.15 Uhr hier sein will. Also bleibt noch Zeit zum Frühstücken, Waschen und Anziehen. Und um den Handwerker, der auch noch genau heute an unserer Terrasse werkelt, hereinzulassen und auch ihm einen Kaffee zu kochen. Ich beeile mich mit allem. Nachdem Micha hier eingetroffen ist, entscheide ich, noch schnell ein paar Kleinigkeiten einzukaufen. Man kann ja nie wissen, wie lange es dauern wird, bis ich wieder in Ruhe in einem Supermarkt einkaufen kann. Richtig entspannen kann ich mich jetzt allerdings auch nicht. Ich besorge die notwendigsten Dinge und mache mich auf Heimweg. Eine Viertelstunde später empfängt mich Michael an der Haustür mit den Worten „ich glaub, es geht gleich los". So ganz kann ich ihm das noch nicht glauben, aber ein Blick auf Lilli lässt mich panisch werden. Achtlos werfe ich die Einkaufstüte in die Küche, wasche und desinfiziere meine Hände und ziehe meine chirurgischen, sterilen Handschuhe an, die ich mir extra vorher in der Apotheke besorgt habe. Lilli hat sich mittlerweile in die Wurfbox gesetzt und schaut mich mit großen Augen an. Sie hechelt noch, aber es scheint eine Welle durch ihren ganzen Körper zu gehen. Ich werde unsicher und rufe unsere Freundin und Tierarzthelferin Marion an. Sie ist auf der Arbeit und hört mir aufmerksam zu. Sie meint, dass das schon Presswehen seien und dass der erste Welpe bereits unterwegs sei. Jetzt geht es hier richtig zur Sache: Michael, Lilli und ich in der Wurfbox – und Marion am Handy mit dabei. Ich feuere Lilli auf Geheiß von Marion richtig an. Bei jeder Presswehe, die durch ihren Körper fährt, rufe ich „drücken, drücken, drücken" und streichele sie vom Kopf bis zum Schwanz hin.

Lilli ist jetzt richtig in sich gekehrt. Noch eine Presswehe und ich sehe zuerst die Fruchtblase und darin ein kleines Hundebaby. Lilli presst noch einmal und die Fruchtblase mit dem Hundebaby gleitet vorsichtig, von uns gehalten, auf die Erde. Ich habe Angst, dass mit dem Welpen irgendetwas nicht in Ordnung ist. Er bewegt sich überhaupt nicht. Ich schreie fast ins Telefon, dass mit dem Welpen etwas nicht stimmt. Marion bleibt ganz ruhig, wir sollen die Fruchtblase öffnen und den Welpen abrubbeln. Ich bin jetzt so aufgelöst, dass Michael mich kurzerhand aus der Wurfbox befördert und die Angelegenheit übernimmt. Er öffnet die Fruchtblase und endlich wimmert der Welpe etwas. „Er lebt", schreie ich ins Telefon. Marion sagte mir hinterher, dass alle Besucher im Wartezimmer der Praxis diesen Schrei durch ihr Handy hören konnten und dass alle zusammen aufgeatmet haben, als der Welpe ein Lebenszeichen von sich gab. Zum Glück hat Marion aufgrund meines Gebrülls nicht ihr Gehör verloren. Ich lege auf, um Lilli und Michael mit dem Welpen zu helfen. Es ist ein Mädchen, gar nicht so dunkel, wie ich es erwartet hatte, aber wunderschön. Lilli hat mittlerweile selbstständig die Nabelschnur durchgebissen. Die bereitgelegte desinfizierte Schere war gar nicht notwendig. Die Fruchtblase frisst sie mit auf. Das ist wichtig, da darin Stoffe enthalten sind, die wehenfördernd wirken. Michael und ich kümmern uns derweil um den Neuankömmling. Wir rubbeln die kleine Maus trocken, wiegen sie (430 Gramm), notieren Uhrzeit der Geburt, Gewicht und Geschlecht und binden ihr ein rosafarbenes Bändchen um. Jeder Welpe wird eine andere Farbe erhalten, damit wir die Kleinen später besser auseinanderhalten können. Danach legen wir sie wieder zu Lilli, der es überhaupt nicht passt, dass wir ihr Baby kurzzeitig weggenommen haben. Die Kleine macht auch ordentlich

Geschrei. Ihr gefällt die ganze Aktion offensichtlich auch nicht. Wieder bei Mama fängt sie gleich an zu saugen. Da Michael wirklich die beste Hebamme der Welt ist, soll er den ersten Namen bestimmen. Er entscheidet sich für Anastasia. Ich bin so glücklich, dass ich vermutlich auch Affe oder Atze akzeptiert hätte. Im Überschwang der Glückshormone hole ich erst den Handwerker von der Terrasse, der unseren ersten Welpen bewundern muss, und anschließend rufe ich Frau Peters, eine Welpeninteressentin, an und teile ihr mit, dass wir eine kleine Anastasia haben. Dass Frau Peters sich später ausgerechnet für die kleine Anastasia entscheiden wird, wissen wir zu diesem Zeitpunkt noch nicht. Es kehrt wieder ein bisschen Ruhe ein und nur kurze Zeit später entscheidet sich Lilli, die Wurfbox zu verlassen, um sich auf der Couch häuslich niederzulassen. Ich lege die Couch jetzt noch schnell mit den gestern gekauften Schutzdecken aus. Lilli liegt, mit ihrem saugenden Mädel an der Zitze, auf der Couch und ich sehe, wie wieder Presswehen durch ihren Körper ziehen. Kurze Zeit später wird das zweite Köpfchen in einer Fruchtblase sichtbar. Lilli presst und wir nehmen ein weiteres Mädchen in Empfang. Lilli leckt eifrig ihr Baby ab, wir wiegen und markieren die Kleine und legen sie dann bei Lilli an. Auch Amy fängt sofort an zu saugen. Sie ist viel dunkler als ihre Schwester und genauso niedlich. Ich rufe Ian an und spreche ihm auf die Mailbox, dass schon zwei Welpen da sind und er alles verpasst. Meines Erachtens nach ist das jetzt, nach dem, was ich gerade erlebt habe, die schlimmste Strafe. So ein Ereignis verpasst man doch nicht. Durch das Saugen der Welpen werden Hormone in der Hündin freigesetzt, die dafür sorgen, dass die Geburt weitergeht und so kommen kurze Zeit später zwei putzmuntere Rüden zur Welt. Aaron und Anton sind etwas heller als Amy und wiegen sogar weniger als die

Mädchen. Um 13.15 kommt Ian endlich nach Hause. Er zieht sich rasch um, wäscht und desinfiziert sich, um Michael abzulösen. Der Gute hatte für den heutigen Tag eigentlich andere Pläne und nicht vor, mal eben vier Welpen auf die Welt zu bringen. Ich werde ihm ewig dankbar sein, dass er mir dabei geholfen hat. Lilli scheint eine Pause einzulegen. Anton kam um 12.55 Uhr auf die Welt und seitdem hat sich nicht viel getan, außer, dass ich versuche, die blutigen Handtücher unter der säugenden Lilli und ihren vier Welpen wegzuziehen um sie durch saubere zu ersetzen. Um viertel vor zwei setzen erneut Presswehen ein und um 13.58 Uhr kommt eine kleine Alicia auf die Welt. Wir rubbeln die Kleine wie die anderen Welpen mit dem Handtuch trocken und legen sie direkt bei Lilli an. Über schlechten Appetit können sich die Kleinen nicht beklagen. Sie machen zwischendurch ganz niedliche Geräusche. Wenn sie eine Zitze verlieren, wird geknöttert, was das Zeug hält und es ist ein richtiges Schmatzen zu hören. Bevor ich mich fragen kann, ob das alles war, setzen bei Lilli erneut Presswehen ein. Ein sechster Welpe kündigt sich an. Diesmal stöhnt Lilli und es scheint nicht so ganz weiterzugehen. Ich sehe an Lillis Schwanz nicht den Kopf, sondern den Po eines weiteren Welpen. Eine Steißgeburt ist bei Hunden eigentlich kein Grund zur Sorge. Anders als beim Menschen können Hundewelpen sowohl mit Kopf als auch mit dem Hinterteil zuerst auf die Welt kommen. Was mich aber unsicher macht, ist die Tatsache, dass der Kleine nicht wie die anderen in der Fruchtblase schwimmt, sondern diese schon zerstört ist. Das heißt, dass er jetzt schnell auf die Welt gebracht werden muss. Ich sehe, wie Lilli presst und bin ganz ruhig. Ich gehe ganz vorsichtig mit den Fingern in den Geburtskanal und ertaste ein Beinchen, das sich irgendwie verkantet hat. Was ich da genau mache, weiß ich hinterher gar nicht mehr. Irgendwie geht alles automatisch. Es macht „Plopp" und der Welpe rutscht aus Lilli heraus. Diesmal scheint es aber etwas Ernstes zu sein. Er bewegt sich nicht, gibt auch keine Geräusche von sich. Wir nehmen den Welpen, ein Mädchen, hoch und halten den Kopf nach unten. Ich rubbele mit dem Handtuch was das Zeug hält. Ian nimmt die Kleine an den Mund und saugt überschüssiges Fruchtwasser ab. Endlich kommt ein Wimmern. Wir versuchen, die Kleine bei Lilli anzulegen, aber sie sackt sofort zusammen. Ich rubbele weiter vorsichtig mit dem Handtuch. Da kommt ein empörtes Wimmern, aber das stört mich nicht. Die Kleine muss jetzt an die Zitze und wach werden. Ich rubbele weiter und die kleine Adele wird wacher und wacher und fängt endlich an, die Zitze in ihr Maul zu nehmen und daran zu saugen. Mir fällt ein Stein vom Herzen. Sechs augenscheinlich gesunde Welpen, vier Hündinnen und zwei Rüden.

Lilli, das hast Du gut gemacht!

EINE TEURE ANGELEGENHEIT

Lilli liegt ruhig und scheinbar zufrieden mit ihren sechs kleinen Würmchen auf der Couch. Die kleinen Racker saugen und saugen, was das Zeug hält. Lilli schaut mich an, dann leckt sie wieder an einem Welpen und legt schließlich erschöpft den Kopf hin. Die Gute hat wirklich einen Superjob gemacht. Aus Ratgebern wusste ich, dass manchmal Stunden zwischen den Geburten der einzelnen Welpen vergehen können. Aber unser Mädchen hat ihre Welpen fast im Halbstundentakt zur Welt gebracht. Ich hole auf Anraten der besten Tierarzthelferin der Welt Traubenzucker, um diesen in Wasser aufzulösen und Lilli anzubieten, damit sie zu Kräften kommt. Sie nimmt das Angebot dankend an und wir beschließen, die ganze Bande von der Couch in die Wurfbox umzusiedeln. Das Risiko, dass ein Welpe von der Couch fällt, ist doch zu groß und in der Wurfbox haben Mama und Nachwuchs eindeutig mehr Ruhe und Wärme. Ich lege noch ein paar Fellkissen in die Box, damit die Kleinen es auch muckelig und warm haben. Draußen sind zwar fast 30°C, aber die kleinen Welpen verfügen noch nicht über eine ausreichende Wärmeregulation. Auch hier liegt Lilli ruhig und friedlich. Ich biete ihr Futter und Wasser in der Wurfbox an. So muss sie gar nicht aufstehen und die Babys alleine lassen. Um 18 Uhr schauen dann Sohn und Schwiegertochter in spe herein. Lilli sieht die beiden an und wackelt schwach mit dem Schwanz. Sie scheint doch erschöpft von der Geburt zu sein. Bevor die beiden gehen, werfen alle noch einmal einen Blick in die Wurfbox. Lilli hat wieder angefangen zu hecheln. Erstmal denke ich mir nichts dabei. Es ist ja auch warm und die Welpen saugen fast ununterbrochen an ihr herum. Aaron robbt in Richtung Lillis Kopf und was macht die Mama da? Sie knurrt den kleinen Zwerg an. Wir sehen uns alle an und ich beruhige Lilli und lege Aaron wieder an ihre Zitze an. Sie beruhigt sich, wenngleich das Hecheln weitergeht. 22.30 Uhr – der erschöpfte Ehemann liegt auf dem Sofa und lässt sich von irgendeinem schwachsinnigen Actionfilm berieseln. Lilli liegt auch weiterhin mit der ganzen Mischpoke in der Wurfbox und hechelt, was das Zeug hält. Zwischendurch wird auch wieder jeder Welpe, der ihr zu nahe an den Kopf kommt, angegiftet. Ich werde immer unsicherer und starre Hündin und Welpen an, so wie das Kaninchen die berühmte Schlange. Ich versuche, die Aufmerksamkeit des Gatten zu erregen. Dass der Hund jetzt seit etwa vier Stunden ununterbrochen hechelt, kommt zumindest mir sehr komisch vor. Ihm erscheint es vor allem komisch, dass nun, nach Flohbeseitigungsaktion und Geburtsnacht mit schwangerer

Hündin, eine besorgte Hundebabybesitzerin vor ihm steht und alle möglichen Horrorszenarien schildert. Meine größte Sorge ist, dass wir doch einen Welpen übersehen haben, der noch in Lilli steckt und abgestorben ist. Das ist ein großes Risiko und daran können sowohl Mutter als auch Welpen elend zugrunde gehen. Lilli hört nicht auf zu hecheln. Ich versuche, sie aus der Wurfbox herauszulocken, aber sie will ihre Welpen auf keinen Fall alleine lassen. Da erkläre mir doch einer die Hündinnen. An ihren Kopf sollen die Welpen nicht, aber für fünf Minuten alleine lassen, geht auch nicht. Ich wirke so penetrant auf den Gatten ein, dass ich schließlich doch seine ungeteilte Aufmerksamkeit erhalte. Auch er macht sich jetzt Gedanken, vor allem nachdem ich ihm sämtliche Internetseiten über mögliche Komplikationen gezeigt habe. Das Beste wäre, Lilli einmal zu röntgen, um zu sehen, ob da noch ein Welpe in ihr steckt. Wenn das ausgeschlossen ist, kann das Hecheln zumindest nicht daran liegen. Wir beschließen, in die Tierklinik zu fahren, da unsere Tierärzte keine Nachtbereitschaft haben. Ich rufe also zuerst in der nahe gelegenen Tierklinik an und erkläre unsere Lage. Die Welpen will ich auf gar keinen Fall mit in die Klinik nehmen. Sie hier alleine zu lassen, ist allerdings auch keine Lösung. Bleibt nur, die Welpen mit ins Auto zu nehmen, damit Lilli in ihrer Nähe ist und wir alles im Blick haben. In dieser Klinik erklärt mir eine eher unfreundliche Helferin, dass es dort jetzt erstens brechend voll ist und wir zweitens mindestens zwei Stunden Wartezeit mitbringen müssen. Auf meinen Einwand, dass dann sechs Welpen zwei Stunden im Auto ebenfalls warten müssen, geht sie überhaupt nicht ein. So oder gar nicht, lautet ihre Devise und „eher drankommen" kommt überhaupt nicht in Frage. Kein Vorteil für Frauen und Kinder. Ich denke, gut, dass wir nicht auf der Titanic sind und rufe in der Tierklinik in

Hochmoor an. Hier rät mir eine wirklich freundliche Helferin, sofort vorbeizukommen und verspricht, dass wir vorrangig behandelt werden. Mittlerweile ist es fast Mitternacht und wir polstern ein Körbchen mit vielen warmen Decken aus, um die Welpen hineinzulegen. Denen gefällt die ganze Aktion überhaupt nicht und so jammern sechs Welpen munter vor sich hin. Lilli flippt fast aus und neben all dem Hecheln jammert auch sie und will nur zu ihren Babys. Wer, wenn nicht wir, würde um 0.10 Uhr mit einem Korb voll Welpen, einer jammernden, hechelnden Hündin und zwei zombieähnlich aussehenden, übermüdeten Menschen 45 Kilometer in die Tierklinik fahren? Dort angekommen sind wir zum Glück die einzigen Patienten. Wir lassen die Welpen im Korb im warmen Auto und zerren Lilli hinter uns her. Sie will ihre Welpen auf keinen Fall alleine lassen. Die Tierärztin ist sehr nett und nach kurzer Untersuchung wird Lilli geröntgt. Danach packen wir Lilli schnell ins Auto zu den Welpen und warten auf das Ergebnis der Aufnahme. Nein, ein Welpe befindet sich nicht mehr im Hund, dafür aber eine ansehnliche Darmfüllung und es scheint, dass unser Hund nur dringend auf die Toilette muss. Diese Erkenntnis kostet uns dann 110 Euro. Mir ist das egal, ich bin nur froh, dass die Ursache für das Hecheln gefunden wurde. Wir fahren nach Hause, legen die Welpen in die Wurfbox, nehmen Lilli auch gegen ihren Protest kurz raus und siehe da, das Hecheln löst sich von selbst.

Am nächsten Morgen weckt mich Lilli wieder in aller Frühe. Ian hat in dieser wie auch in den nächsten Nächten im Wohnzimmer bei den Welpen geschlafen, ist aber schon weg. Wir haben die Tür zur Wurfbox aufgelassen, sodass Lilli ungehindert dort herein und heraus kann. Ich tapse unendlich müde zur Box und stelle fest, dass alles in Ordnung ist. Alle

Welpen liegen verstreut in der Wurfbox, vorzugsweise unter oder auf einem der Fellläufer, die ich in die Box gelegt habe. Lilli geht wieder in die Wurfbox und ich setze mich auch noch mal mit in die Box hinein. Das Hecheln ist weg, kann aber wieder auftreten, sobald die Welpen anfangen zu säugen. Das löst dann die Nachwehen aus, was wiederum Schmerzen verursachen kann. Ich lege mich in die Box und döse vor mich hin. Ian ist schon längst aufgebrochen, um irgendwelche Angebote für seine Firma an Land zu ziehen. Soviel zu seinem Versprechen, in der Wurfwoche auf jeden Fall nur Homeoffice zu machen. Ich bin mittlerweile viel zu müde, um mich mit ihm deswegen zu streiten. Müde, aber glücklich. Ich schaue mir im Halbschlaf die kleinen Winzlinge an. Sie machen so niedliche Geräusche. Wie kleine Babys. Sie schmatzen oder beschweren sich mit einem Wimmern, wenn sie die Zitze nicht so schnell erwischen. Ich habe den Eindruck, Lilli möchte einfach mit ihren sechs Welpen nicht alleine sein und benötigt ein bisschen Unterstützung. Soll sie haben, nach den aufregenden Tagen zuvor. Ich mache es mir in der Wurfbox so bequem wie möglich und wir dösen zu acht vor uns hin. Nur unser kleiner Mischling Loui schaut ab und zu von der Couch zu uns. Was der wohl denkt?

Ian und Lilli bauen die Wurfbox

Onkel Loui

Lilli bei der Fütterung

Welpenansichten

Das alltägliche Chaos

Welpensalat

Reifeprüfung bestanden

WOCHENBETT

Es ist Freitag, die Welpen sind genau einen Tag alt, ich bin übermüde und gleichzeitig überglücklich und messe wie in den Tagen zuvor Lillis Temperatur. Sie scheint mir mit 39,4°C Grad zu hoch zu sein. Ich bin jetzt zusätzlich auch ein bisschen überbesorgt und denke sofort an eine Milchdrüsenentzündung. Hatte ich bei unserem Sohn auch und schön war das nicht. Ich schließe mich mit unserer Tierarztpraxis kurz. Vorbeibringen möchte ich Lilli nicht. Zu hoch scheint mir das Risiko, dass sie dort irgendwelche Keime aufschnappt und mit nach Hause bringt. Die Tierärztin bittet mich, die Wurfleisten, sprich die Zitzen von Lilli, zu kontrollieren. Soweit scheint alles in Ordnung. Nichts ist verhärtet, gerötet oder übermäßig warm. Kurzentschlossen, wahrscheinlich mehr um mich zu beruhigen, verschreibt die Tierärztin Lilli ein Antibiotikum, damit wir etwas haben, um Lillis Beschwerden zu lindern, falls das Fieber am Wochenende steigt oder andere Symptome auftreten. Und natürlich versehen mit der Warnung, dass wir unverzüglich den nächsten Tierarzt aufsuchen sollen, wenn etwas auftritt, was uns sehr merkwürdig vorkommt. Nach meiner Erfahrung vom Vortag weiß ich auch, wie wichtig es ist, Lilli regelmäßig nach draußen zu bringen. Ich muss sie an Schwanz und Ohren aus der Wurfbox und aus dem Haus ziehen. Wir gehen nur einmal einen Weg in der Nähe unseres Hauses rauf und runter. Lilli dreht sich alle zwei Meter um und will wieder zurück. Nur mit viel gutem Zureden, Leckerchen und strengem Blick – wenn gar nichts hilft – ist der Hund zu einem 400-Meter-Spaziergang bereit. Sobald sie sich gelöst hat, drehe ich um und muss losspurten, um sie davon abzuhalten, ohne Sinn und Verstand über die Straße zu unserem Haus zu laufen. Zuhause angekommen ist sie sofort wieder in der Wurfbox, leckt und kontrolliert alle Welpen, als wären wir von einer Weltumrundung zurückgekehrt.

Ich mache mir heute, genau zwei Tage nach der Geburt, Gedanken darüber, wie wir die Welpen denn jetzt an den Mann beziehungsweise die Frau bringen können. In meinen sich durch viel Schlaf langsam regenerierenden Gedanken (Ian schläft als Wiedergutmachung für seine Abwesenheit in diesen Tagen unten bei Lilli, um sicherzugehen, dass auch in der Nacht alles in Ordnung ist) sehe ich mich mit Lilli und sechs erwachsenen Golden Retrievern, für die ich keinen neuen Besitzer finden konnte, spazieren gehen. Ich stelle eine Wurfanzeige ins Internet. Für die genaue Formulierung der Anzeige werde ich wahrscheinlich später einmal den Pulitzer-Preis entgegennehmen, da ich Stunden an der richtigen Wortwahl und dem Text gefeilt habe. Außerdem habe ich in den letzten Tagen mit unserer, zum gegenwärtigen Zeitpunkt, einzigen Welpeninteressentin telefoniert. Wir haben verabredet, dass sie uns zusammen mit ihrer Familie am Sonntag kurz besuchen kommt.

Langsam normalisiert sich unser Leben wieder. Lilli befindet sich Tag und Nacht in der Wurfbox. Ihre Temperatur ist noch leicht erhöht und das Antibiotikum verwahre ich erleichtert im Schrank. Wir holen Schlaf nach und die Welpen scheinen sich gut zu entwickeln. Ich wiege sie täglich und kontrolliere die Nabelschnur. Soweit ist alles in Ordnung. Lilli macht bei unseren täglichen Kontrollen einen Heidenaufstand, steht neben uns und hechelt aufgeregt. Ansonsten obliegt es mir, die Wurfbox ein- bis zweimal täglich zu reinigen. Dazu packe ich alle Welpen in einen gut gepolsterten Wäschekorb, was normalerweise mit viel Protest von den Kleinen und Lilli verbunden ist. Dann nehme ich alle Decken aus der Box, wasche die Box mit Sagrotanlösung aus, lege

Wickelunterlagen zum Aufsaugen der Nässe hinein und verteile darüber neue Decken und Fellläufer. Das erhöht mein tägliches Wäscheaufkommen um mindestens 150%. Meine Waschmaschine schaut mich bereits nach kurzer Zeit vorwurfsvoll an, sobald ich den Keller mit Armen voller Decken betrete. Gut, dass das Wetter zurzeit mitspielt. Es ist sonnig und warm und alles trocknet im Handumdrehen.

Am Sonntag, drei Tage nach der Geburt, schaffe ich es endlich, mich zu duschen und das Haus ein wenig aufzuräumen. Schließlich soll Frau Peters ja nicht rückwärts wieder rausgehen, da Haus und Hundebesitzer unaufgeräumt sind und stinken. Ich fühle mich endlich wieder wie ein menschliches Wesen. Als Familie Peters dann um halb drei ankommt, bringen sie uns einen selbstgebackenen Kuchen mit. Ich bin total gerührt, zum einen weil ich Kuchen liebe und zum anderen, weil wir in den letzten Tagen wirklich nicht zum Einkaufen gekommen sind und nur von bestelltem Essen gelebt haben. Ich bin so stolz, jetzt meine Welpen zu zeigen. Fast wie eine Mutter, die ihr neugeborenes Baby präsentiert. Familie Peters ist, wie sollte es auch anders sein, hin und weg von den Welpen, obwohl diese zum gegenwärtigen Zeitpunkt weder die Augen geöffnet haben, noch hören können und nur auf Lillis Anwesenheit in der Wurfbox reagieren. Tochter und Sohn legen sich zu den Welpen in die Wurfbox und es werden ohne Ende Fotos gemacht. Unsere Welpen sind so etwas wie Superstars, die auf Unmengen von Selfies festgehalten werden. Mit meinem heutigen Wissen ist mir klar, dass ein so früher Besuch von Fremden ein ziemlicher Fauxpas in der Hundezüchterwelt ist. Die Welpen verfügen jetzt, drei Tage nach der Geburt, nur über ein unzureichendes Immunsystem und alles Fremde, das nicht zum Haushalt gehört, sollte für die nächsten vier Wochen keinen Zutritt zum Haus haben. Es sind schon ganze Würfe an Infektionen eingegangen, die durch fremde Dritte ins Haus gebracht wurden. Zum jetzigen Zeitpunkt bin ich da noch naiv und unbedacht. Alle mussten sich beim Betreten zwar die Hände waschen, aber auch da war ich ziemlich lässig. Ich habe sogar Ulli, den Handwerker mit seinen dreckigen Arbeitsschuhen, am Tag der Geburt ins Wohnzimmer gebeten und wenig Sinn für Hygiene im Welpenstall gehabt. Gott sei Dank, ist trotz meiner Unerfahrenheit nichts passiert.

Familie Peters fährt jetzt erstmal in den Sommerurlaub und konnte sich noch nicht für einen Hund entscheiden. Nur dass es ein Mädchen sein soll, steht schon fest. Wir verabreden, dass sie uns nach dem Urlaub besuchen kommen und wir bis dahin sicher mehr über den Charakter der Babys sagen können. Soweit so gut und jetzt ab an den Kaffeetisch zum Kuchenessen!

HUND ZU VERKAUFEN

Meine Anzeige im Internet zeigt erste Wirkung. Die Welpen sind jetzt vier Tage alt und ich erhalte erste Anrufe von möglichen Interessenten. Ich hoffe inständig, dass es keine Interessenten für ein Mädel sind, denn ich habe Frau Peters versprochen, ihr die erste Wahl zu überlassen. Der erste Anrufer ist eine Frau aus Recklinghausen. Das ist gleich in der Nähe und freut mich daher schon sehr. Es handelt sich um ein Ehepaar, das schon Retriever hatte und daher Erfahrung mitbringt. Ich habe mir einen Fragenkatalog überlegt, den ich auf jeden Fall abarbeiten möchte. Dazu gehören Fragen nach der Berufstätigkeit der zukünftigen Besitzer, nach der Wohnsituation, ob noch sehr kleine Kinder im Haushalt sind, ob alle, inklusive Vermieter, mit dem Erwerb des Hundes einverstanden sind, ob Hundeerfahrung vorhanden ist und noch Tausende andere Fragen. Fast wie bei der CIA. Aber bei diesem ersten Anruf bin ich so nervös, dass mir keine Fragen einfallen. Wir verabreden, dass die beiden mich morgen Vormittag besuchen kommen.

Die Welpen trinken, nehmen stetig an Gewicht zu und ich kann mich langsam aber sicher wieder meinen alltäglichen Aufgaben zuwenden. Der Geburtstag meiner Mutter steht in drei Tagen an und da sie mittlerweile in die Kurzzeitpflege ins Heim übergesiedelt ist, möchte ich sie damit überraschen, dass ich sie für den Geburtstag nach Hause hole und wir gemeinsam mit einigen Freunden und Verwandten feiern. Um mir die Arbeit zu erleichtern, gibt es Tiefkühltorten und bestellte Pizza. Ich fange also langsam an, das Haus stundenweise zum Einkaufen oder zum Aufräumen der Wohnung meiner Eltern zu verlassen. Ungern allerdings und jedes Mal, wenn ich zurückkomme, gehe ich, nachdem ich mir die Schuhe ausgezogen habe, als allererstes zur Wurfbox und zähle nach, ob alle Welpen da sind. Erst dann wasche ich mir die Hände und begrüße Lilli und Loui.

Es ist Mittwoch und die ersten Interessenten für einen Rüden haben sich angekündigt. Ich habe zwei wunderschöne Rüden im Wurf, von denen einer, unser Aaron, eine dunklere Fellfarbe hat und der andere, Anton, etwas heller ist. Das Recklinghäuser Ehepaar kommt am Vormittag zu mir nach Hause und schaut sich beide Rüden gründlich an. Wir setzen uns noch ins Esszimmer und ich erfahre etwas mehr über die beiden. Sie haben schon Erfahrung mit Golden Retrievern und besitzen ein Haus mit Garten. Eigentlich ideal. Der Mann möchte mit dem Hund zur Hundeschule gehen und auch insgesamt scheinen mir die beiden ein freundliches Ehepaar zu sein. Ich erzähle einiges von Lilli und Galdino und am Ende verlassen mich die beiden, mit der Aussage, alles noch einmal genau überlegen zu wollen. Die Frau geht noch einmal zur Wurfbox und sieht sich beiden Rüden an. Wenn, dann käme nur Aaron für sie in Frage, sagt sie. Gut, werde ich mir merken, denke ich.

Nur eine Stunde später erhalte ich einen weiteren Anruf aus Herne. Noch eine Interessentin für einen Rüden. Na das läuft ja prima. Sie möchte aber gerne einen dunklen Rüden. Äh ja, da doch das Ehepaar auch an unserem dunkleren Aaron interessiert war, bin ich mir nicht ganz sicher, wo das hinführt. Vielleicht sollte ich den zweiten Rüden mit Selbstbräuner einreiben. Ich entspanne mich, putze weiter Vaters Wohnung und die Wurfbox und gehe mit Lilli und Loui raus (mittlerweile nehmen unsere Spaziergänge wieder ein normaleres Maß an). Dann putze ich auch unsere Wohnung, da Lilli immer noch Wochenfluss hat und daher Blut in der Wohnung auf dem Fußboden verliert. Am Nachmittag besucht mich dann Frau Wertmann, die zweite Interessentin für einen Rüden, mit ihrem Sohn. Alle sind wie immer hin und weg, wenn sie die Wurfbox mit den Welpen sehen. Und ich bin wie immer stolz wie Oskar. Ich drucke Frau Wertmann kurzerhand Anton in die Hand und brauche gar keine Überzeugungsarbeit zu leisten. Antons Charme spricht für sich und gewinnt ihr Herz und das Herz ihres Sohnes im Nu. Sie lebt mit ihrem Freund in einem Haus in Herne. Beide haben bereits Kinder und der Wunsch, einen Hund zu haben, war bei beiden schon länger da. Ihr Freund hatte auch schon einen Goldi, weshalb schon Hundeerfahrung vorhanden ist. Wir machen Fotos vom kleinen Anton in Frau Wertmanns Hand (viel größer ist der kleine Kerl da noch nicht) und auf dem Arm ihres Sohnes. Lilli ist wie immer sehr aufmerksam dabei und beobachtet alles genau. Sie wedelt freundlich mit dem

Schwanz und wenn die Welpen nicht überzeugen sollten, so schafft meine wunderschöne Hündin mit ihrem dunklen Fell und ihrer liebenswerten Art es stets, auch bei allen späteren Interessenten, alle zum Spielen aufzufordern und ihre Herzen zu gewinnen. Frau Wertmann möchte Anton gerne haben, macht auch Fotos für ihren Lebensgefährten mit dem Handy und will auch noch einmal gemeinsam mit ihm Anton anschauen. Erstmal reserviert sie ihn aber und das ist für mich in Ordnung. Ich notiere mir ihre Adresse und Telefonnummer und wir verabschieden uns mit der Absprache, dass sie mich noch einmal besuchen kommt. Ich erkläre ihr, dass, falls sie sich für Anton entscheiden sollte, mir auch wichtig ist, dass sie mich mindestens zweimal in der Zeit bis zur Abgabe besuchen kommen soll, damit Anton sie schon kennenlernen kann. Das ist in ihrem Fall aber gar nicht notwendig. Sie ist jetzt schon so verliebt in den kleinen Kerl, dass sie darum bittet, wenn möglich jede Woche kommen zu dürfen. Auch damit kann ich leben und bin froh, dass Anton dadurch genügend Zeit hat, sich mit seinem neuen Frauchen und ihrer Familie vertraut zu machen.

GEBURTSTAGSFEIER

Heute ist der Geburtstag meiner Mutter. Gestern war das Ehepaar aus Recklinghausen da, und ich hatte die Hoffnung, dass die beiden mir heute eine kurze Rückmeldung geben würden, ob Aaron nun für sie reserviert werden soll oder nicht. Für mich ist eine Reservierung schon verbindlich und ich habe für diesen Fall auch einen Reservierungsvertrag vorbereitet, dessen Inhalt unter anderem eine Anzahlung von 100 Euro ist, die im Fall eines Rücktritts nicht zurückerstattet wird. Ich habe von Welpeninteressenten gehört, die in verschiedenen Würfen Zusagen bei einem Züchter für einen Hund geben und sich am Ende dann doch für einen anderen Hund bei einem anderen Züchter entscheiden. Daher soll die Anzahlung ein Zeichen für Verbindlichkeit sein und uns eine gewisse Sicherheit geben. Selbstverständlich wäre ich bereit, jedem Interessenten das Geld zurückzugeben, falls jemand in der Familie krank würde oder plötzlich andere Schicksale wie Arbeitslosigkeit oder ähnliches eintreten würden. Das muss ich aber den Interessenten nicht gleich auf die Nase binden. Bei einem Rücktritt von der Reservierung muss ich mich dann wieder um einen neuen Käufer bemühen und die ganze Arbeit geht von vorne los. Der Reservierungsvertrag muss auch nicht gleich unterschrieben werden. Für ein paar Tage kann ich den Hund auch so reservieren, ohne den ganzen administrativen Kram. Jedoch kommt heute leider kein Anruf aus Recklinghausen. Aber es gibt ja auch so genug zu tun. Ich decke den Kaffeetisch, kläre mit der Pizzeria, wann geliefert werden soll, räume Papas Wohnung noch einmal auf und beaufsichtige zwischendurch Lilli und ihren Nachwuchs. Dann ist es Zeit und ich hole meine Mama aus dem Heim ab. Sie ist sehr aufgeregt und seit dem Schlaganfall auch hin und wieder etwas durcheinander. Im Heim will man mir immer klarmachen, dass es sich hierbei um eine beginnende Demenz handelt. Doch davon will ich zum jetzigen Zeitpunkt noch nichts hören. Für mich ist sie einfach ein bisschen tüddelig.

Zwischendurch erhalte ich eine weitere Welpenanfrage von einer Züchterin aus Süddeutschland. Sie ist an Adele, der dunkelsten Hündin aus dem Wurf, interessiert. Aus Mangel an Zeit verabreden wir, morgen Vormittag noch einmal miteinander zu telefonieren.

Meine Mutter ist total glücklich, wieder zuhause zu sein. Man merkt ihr aber auch an, dass zehn Personen und das ganze Drumherum sehr viel für sie sind. Als ich in der Küche bin, klingelt mein Handy erneut. Diesmal ist es eine Familie aus Bonn, die an einem dunkelgoldenen Rüden interessiert ist. Ich denke an das Ehepaar aus Recklinghausen, das sich bis jetzt noch immer nicht bei mir gemeldet hat und stecke in der Zwickmühle. Ich will keinen Druck auf den Interessenten aus Bonn ausüben und weiß nicht, wie ich reagieren soll, falls sich jetzt doch die Interessenten aus Recklinghausen melden. Der freundliche Herr nimmt mir das Grübeln ab. Wir sollen Aaron auf jeden Fall verbindlich für ihn reservieren. Er wird am Samstag aus Bonn kommen, sich den Rüden ansehen und dann auch den Reservierungsvertrag unterschreiben. Ich bin baff. Ein Mann, ein Wort. Innerhalb der ersten Woche habe ich höchstwahrscheinlich beide Rüden an den Mann beziehungsweise die Frau gebracht. Wenn das so weitergeht, können wir bis nächste Woche alle Welpen vermitteln. Das geht mir dann allerdings doch ein bisschen schnell, denn so ganz durch mit der Frage, ob wir eine Hündin aus dem Wurf behalten oder nicht, bin ich auch nicht.

Noch ist nichts entschieden und zunächst geht es darum, meine Mutter wieder zurück ins Heim zu bugsieren. Auch wenn die Idee, hier Kaffee zu trinken, gut war, so hat sie meiner Mutter den Abschied umso schwerer gemacht. Sie sitzt am Tisch und versucht mir klarzumachen, dass sie eigentlich lieber hier bleiben möchte. So kurze Zeit nach dem schweren Schlaganfall und der Operation wäre allerdings nicht nur mein Vater mit ihr total überfordert. Viel Überredungskunst ist notwendig, gekoppelt mit dem Versprechen, sie so bald wie möglich nach Hause zu holen. Am Abend merke ich zum ersten Mal, wie müde ich bin. Ich tröste mich mit der Vorstellung, die viele Eltern mit ihrem Nachwuchs haben: Es kann ja nur besser werden, sobald die Kleinen aus dem

Gröbsten raus sind. Lilli und die Babys sind wohlauf und das ist wohl das Wichtigste.

Ich telefoniere mit der Züchterin aus Süddeutschland. Sie ist wirklich sehr an Adele interessiert. Ich bin mir aber nicht sicher, ob ich Adele als Zuchthündin abgeben möchte. Auch wenn die Dame einen sehr netten Eindruck macht und mir ihre Webseite gut gefällt, kann ich den Leuten ja nur vor den Kopf gucken. Ob sich dahinter ein Welpenvermehrer verbirgt, der mit meiner Maus nur Zaster machen will, oder ein seriöser Züchter, der die Welpen, so wie wir, mit viel Liebe hegt und pflegt und wirklich nur in gute Familien abgibt, kann ich von hier aus nicht erkennen. Dazu müsste ich mich dann tatsächlich auf den Weg nach Süddeutschland machen und mir alles vor Ort ansehen. Aber wir unterhalten uns sehr nett und ich erhalte einige wirkliche gute Tipps von ihr. So gibt es zum Beispiel einen Hundeonlineshop in Ostfriesland, der umsonst Welpenpakete verschickt. Das hört sich doch interessant an. Ich nehme mir vor, dort umgehend anzurufen und sechs Pakete zu bestellen. Wirklich entsetzt ist sie allerdings darüber, dass ich schon so früh Fremde an die Welpen gelassen habe. Sie rät mir eindringlich in den ersten vier Wochen nur Leute an die Babys zu lassen, die sich hier auch schon vorher aufgehalten haben, da Lilli mit den Bakterien und Viren dieser Personen vertraut ist. Jeder Fremde bringt auch wieder fremde Keime ins Haus. Ich sehe in Gedanken die Kinder von Familie Peters halb in der Wurfbox liegen und beschließe, darüber lieber kein Wort zu verlieren. Stattdessen bete und hoffe ich, dass dies keine negativen Konsequenzen für uns hat. Wir verabschieden uns und wollen in Kontakt bleiben. Vielleicht kommt sie uns in drei Wochen besuchen, wegen der Keime und so. Ich lege auf und es macht sich Unsicherheit in mir breit, ob ich auch wirklich alle Welpen gut vermitteln kann, wenn ich so lange warte. Ich bin hin- und hergerissen zwischen der Vier-Wochen-Frist und dem baldigen Besuch von Interessenten. Ich entscheide mich, ab jetzt alle Menschen nur ohne Straßenschuhe, in Besucherpantoffeln, ins Haus zu lassen. Darüber hinaus gilt ab jetzt für alle, auch für meine Familie und mich, oberstes Reinhaltegebot sowie Händewaschen und Desinfizieren bei jedem Betreten der Wohnung. Außerdem werde ich nach jedem Besuch den Boden mit Sagrotan wischen. Zusätzlich wische ich jetzt sofort das komplette Haus sehr gründlich durch. Sicher ist schließlich sicher.

BESUCH FÜR AARON

Es ist Samstagmorgen und wir erwarten Besuch aus dem Bonner Raum. Haus und Wurfbox sind geputzt und auch sonst herrscht hier entspannte Stimmung. Pünktlich um 11 Uhr fährt ein Wagen mit Bonner Kennzeichen vor. Für mich ist das alles Neuland. Ein Ehepaar und ihre zwei erwachsenen Söhne kommen, um den kleinen Aaron genauer unter die Lupe zu nehmen. Das Gleiche habe ich mit ihnen allerdings auch vor. An der Haustür bitte ich die Familie, doch die Schuhe auszuziehen, die Hände im Gäste-WC zu waschen und anschließend zu desinfizieren. So weit bin ich mittlerweile, dass mir klar ist, dass fremde Menschen fremde Keime ins Haus bringen, gegen die meine Hunde keine Antikörper besitzen. An die Wurfbox selber lasse ich auch keinen heran aber aus der Entfernung gucken, das geht schon. Lilli begrüßt alle wie immer sehr freundlich und wuselt zwischen Wurfbox und uns hin und her. Alle sind von Lilli, ihrem Aussehen und ihrer freundlichen Art angetan. Ich bin mal wieder stolz auf unser Mädel. Jetzt wird der kleine Aaron genauer untersucht.

Erstmal in der Wurfbox. Dann nehme ich den kleinen Kerl heraus und zeige ihn den Interessenten. Lilli steht Gewehr bei Fuß und beobachtet alles sehr genau. Aaron ist ein wirklich süßes Kerlchen mit seinem jetzt schon dunklen Fell und einem Retriever-Sternchen auf der Stirn. Ich gebe ihn ganz vorsichtig der Frau in die Hände. Sie ist eine Mutter, denke ich, die weiß bestimmt, wie man ein Baby halten muss und dass man es vor allem nicht fallen lassen darf. Es werden Bilder gemacht und auch die Söhne streicheln Aaron vorsichtig. Ich erfahre, dass es im Haushalt schon einen Goldi gibt. Dieser ist allerdings bereits neun Jahre alt. Ich bin ein bisschen unsicher; das ist eigentlich schon ein zu hohes Alter für einen Hund, um mit einem kleinen Welpen konfrontiert zu werden. Nein, widerspricht mir die Familie, der Rüde wäre noch sehr fit und agil. Uns werden Bilder vom Rüden und dem eventuellen neuen Zuhause von Aaron gezeigt. Ein Haus mit Garten, im Grünen gelegen. Mir ist die Familie sympathisch. Wir müssen uns ja in erster Linie auf unser Bauchgefühl verlassen. Frau Mertens reicht Aaron vorsichtig an einen der Söhne weiter. Lilli und ich halten den Atem an. Doch kein Grund zur Sorge, er ist super vorsichtig mit Aaron, ich kann weiteratmen. Der Vater der Familie beobachtet Aaron ein bisschen aus der Distanz. Ich frage mich, ob ihm der Welpe gefällt. Nach einiger Zeit wird Lilli wirklich unruhig und will ihr Baby wiederhaben. Ich lege ihn vorsichtig zurück in die Wurfbox, wo er von Lilli gründlich abgeleckt und durchgecheckt wird. Wir gehen ins Esszimmer und ich zeige allen den Reservierungsvertrag mit dem Hinweis, dass hier und jetzt nichts unterschrieben werden muss und alle auch noch einmal eine Nacht darüber schlafen können. Die Familie entschuldigt sich und geht in Socken kurz vor die Haustür. Ian und ich sehen uns an. Was die Nachbarn jetzt wohl von uns denken, wenn eine Familie in Socken vor unserer Haustür steht. Wir warten ab und vergleichen schnell unsere ersten Eindrücke. Keiner von uns hat ein ungutes Gefühl mit dieser Familie. Alle machen einen wirklich netten Eindruck. Nach kurzer Zeit sind sie wieder im Haus. Keine Bedenkzeit, Welpenvertrag her, Unterschrift, 100 Euro Anzahlung und gut ist. Ich bin baff, aber scheinbar hat Aaron mit seiner Art alle Herzen im Sturm erobert. Da die Rückfahrt lang ist und in Bonn noch Aarons zukünftiger Adoptivbruder, ein neunjähriger Golden Retriever, wartet, möchte Familie Mertens gleich wieder zurückfahren. Wir besprechen noch die Fragen bezüglich der Abgabe und ich bitte darum, falls es möglich ist, doch den kleinen Mann noch einmal zu besuchen. Die Familie hat jetzt noch Sommerurlaub geplant, deshalb bleibt diese Frage erst einmal offen. So endet dann die erste verbindliche Reservierung des ersten Welpen.

DRAMA AM SAMSTAG

Nach dieser ersten erfolgreichen Vermittlung sind wir am späten Nachmittag in Feierlaune. Dazu passt, dass wir zum ersten Mal seit der Geburt der Welpen mit Freunden aus Herten verabredet sind. Die Welpen sind jetzt elf Tage alt und haben sich bisher gut entwickelt. Auch Lilli wird immer souveräner im Umgang mit ihrer Bande. Darum haben wir uns überlegt, dass wir es wagen können, das Haus für eine oder zwei Stunden zu verlassen. Es fällt mir schwer, Lilli und die Welpen zurückzulassen. Bevor wir gehen, schaue ich mindestens 100 Mal in die Wurfbox, kontrolliere die Lage aller Decken und ob die Welpen ruhig sind. Kein Fiepen ist zu hören und auch Lilli scheint sehr entspannt zu sein. Diesmal muss Ian mich an Ohren und Haaren aus dem Haus ziehen und ich komme mir vor wie Lilli, als ich sie in den ersten Tagen aus der Wurfbox gezerrt habe. Allerdings verstehe ich jetzt, wie sich die Gute gefühlt haben muss. Wir verbringen einen schönen Nachmittag mit den Freunden, lachen viel und essen gut – bis ich auf einmal total unruhig werde. Gibt es sowas wie den sechsten Sinn? Ich lasse Ian keine Ruhe mehr und blase zum vorzeitigen Abschied. Alle sind etwas irritiert. Mir ist das egal, ich habe schließlich Nachwuchs bekommen. Die Stimmung im Auto ist etwas gereizt, warum wir denn so schnell aufbrechen mussten, war doch alles in gut, meint der Göttergatte. Mich stört das nicht, dann gehe ich eben in die Annalen unserer Freunde als paranoide Welpenzüchterin ein. Zuhause begrüßt uns eine völlige aufgelöste Lilli an der Haustür. Ich weiß sofort, dass da etwas nicht stimmt, ziehe die Schuhe aus und renne zur Welpenbox. Was ich da sehe, lässt mir den Atem stocken. Aarons Kopf steckt in der Waschanleitung einer der Felldecken, die ich in die Wurfbox gelegt habe. Diese Anleitung ist schlaufenartig auf die Rückseite genäht worden und darauf habe ich leider nicht geachtet. Ich bin völlig aufgelöst. Der kleine Kerl fiept erbärmlich und Lilli neben mir jault aus Angst und Sorge mit. Ich befreie Aaron aus der Schlaufe, bevor Ian und ich den Kleinen gründlich kontrollieren, begleitet von Lillis mütterlichem Protest. Soweit scheint alles in Ordnung. Er beruhigt sich auch sofort. Wir legen ihn an Lillis Zitze an und der Kleine fängt sofort an gierig zu trinken. Ich denke, der ist wie ich, wenn ich Stress habe, neige ich auch dazu, mich mit Essen zu beruhigen. Ian ist jetzt doch auf einmal sehr kleinlaut geworden. Ich bin Gott wirklich dankbar dafür, dass Aaron nichts passiert ist. Gründlich kontrolliere ich, bewaffnet mit einer Schere, alle Decken und Felle. So etwas passiert mir nicht noch einmal. An diesem Abend ist Aaron wahrscheinlich der bestbewachte Welpe der Welt. Fast minütlich schauen Ian oder ich in die Wurfkiste und stehen auch nachts nochmal auf, um wirklich sicherzustellen, dass es ihm gut geht. So geht der Samstag dann doch noch glücklich zu Ende. Ein verbindlich reservierter Welpe, eine Lebensrettung und alle sind wieder glücklich. Fast alle, um genau zu sein. Am Montag nach besagtem Wochenende ruft die Familie aus Recklinghausen an. Sie wollen Aaron und möchten jetzt vorbeikommen um den Reservierungsvertrag abzuholen. Mir tut das Ganze sehr leid. Ich entschuldige mich mit dem Hinweis, dass sich die beiden ja nicht mehr zurückgemeldet hatten und es auch keine Bitte um eine Reservierung von ihnen gab. Jetzt ist Aaron schon vermittelt und auch für den anderen Rüden gibt es eine verbindliche Interessentin. Alle Erklärungsversuche und Entschuldigen fruchten hier wenig. Ich lerne, dass man es beim Welpenkauf nicht jedem recht machen kann.

ZURÜCK IN DEN ALLTAG

Ich bin so froh, dass die Welpen in den Sommerferien zur Welt gekommen sind. Zusammen mit dem Schlaganfall der Mutter stellen sie schon hohe Anforderungen an meine Belastbarkeit. Meine Mutter erholt sich immer mehr im Heim. Sie läuft am Rollator herum und hat schon einige Freundschaften mit anderen Heimbewohnern geschlossen. Einige jedoch sind ihr nicht so sympathisch und so besteht meine Aufgabe neben regelmäßigen Besuchen und der Versorgung meines Vaters mit warmem Essen auch darin, ihr gut zuzureden und mit dem Heimpersonal zu klären, wie es weitergehen könnte. Von dort höre ich immer wieder, dass meine Mutter nachts sehr unruhig ist und die Schränke aus- beziehungsweise umräumt. Angeblich alles Anzeichen einer beginnenden Demenz. Damit kann und will ich mich zum gegenwärtigen Zeitpunkt nicht auseinandersetzen. Lilli hat derweil beschlossen, mein Arbeitsaufkommen noch einmal geringfügig zu erhöhen. An einem der nächsten Tage suche ich die Mutter meiner Enkelwelpen im Haus und kann sie nicht auffinden. Im Garten entdecke ich Madame zunächst auch nicht. Auf mein langsam immer gereizteres Rufen erscheint dann endlich mein Hund unter einer Hecke. Die Gute hat wohl einen totalen Knall bekommen. Sie ist über und über mit Erde bedeckt. Ich sehe an der Hecke nach und stelle fest, dass Lilli angefangen hat, ein Loch mit beachtlichen Ausmaßen auszuheben. Will sie jetzt für sich und die Welpen eine Höhle bauen? Nötig wäre das nicht, schließlich hat sie ja eine Drei-Sterne-Welpenbox mit allem Drum und Dran im Haus. Fest steht, so kann ich sie nicht ins Haus und an die Welpen lassen. Die Zitzen, der Unterbauch, eigentlich der ganze Hund sind gleichmäßig mit Erdaushub geschmückt. Ich bin etwas sauer und fange an, Lilli gründlich mit dem Gartenschlauch abzuwaschen. Ihr gefällt das nicht so gut, aber das ist mir im Moment ziemlich egal. Als sie fertig ist, sieht sie mich beleidigt an und verschwindet im Haus. Gut so, denke ich, kümmere Dich mal um Deine Kinder und fang nicht so kurz nach der Entbindung an, als berufstätige Mutter Bauvorhaben auszuführen.

Die Welpen haben sich bisher echt prima entwickelt. Ich habe auch aufgehört, sie jeden Tag zu wiegen und mache das jetzt nur so ungefähr alle anderthalb Tage. Man kann ja nie wissen. Frau Wertmann hat uns für Anton eine Zusage gegeben und will in den nächsten Tagen vorbeikommen um ihn ihrem Lebensgefährten als zukünftigen Mitbewohner vorzustellen und das Vertragliche zu regeln. Ich warte auf Anrufe von zukünftigen Welpeninteressenten, aber bisher rufen mich nur mein Vater, meine Mutter oder Vertreter von Hundemagazinen an, die fragen, ob ich eine Anzeige in ihrem Blättchen schalten möchte. Das macht mich schon unsicher. Mein Vermittlungsschnitt bisher: zwei Rüden an den Mann beziehungsweise die Frau gebracht. Vier Hündinnen sind noch übrig, von denen eine vielleicht in die Zucht soll und der Rest dann bei uns einziehen wird. Also eine Zuchthündin, drei Welpen und ein kleiner Mischling machen zusammen fünf Hunde. Ein bisschen meldet sich die Panik in mir. Aber wir haben ja auch noch ein paar Wochen Zeit bis zur Abgabe, also hoffen wir das Beste und warten weiter ab. Um mich abzulenken, beschließe ich, die Kleinen vorsichtshalber zu wiegen. Hab ich ja schon länger nicht mehr gemacht. Ich stelle fest, dass Amy, Adele und Anton Gewicht verloren haben, anstatt wie an all den anderen Tagen brav und ordentlich zuzunehmen. Es ist zwar nicht viel, aber abnehmen anstatt zunehmen? Jetzt habe ich wirkliche Panik. Sind die Kleinen vielleicht krank? Ich rufe beim Tierarzt an und werde mit der Ärztin verbunden. Soviel Geduld wie die mit mir haben, da muss ich eigentlich noch eine große Schachtel Pralinen springen lassen. Nachdem ich ihr mein Leid geklagt habe, verordnet sie mir eine Wiegepause. Es reiche völlig, die Welpen gut zu beobachten und dann alle vier bis sechs Tage zu wiegen. Gewichtsschwankungen wären bei Welpen völlig normal und solange die Kleinen fressen und auch sonst einen munteren Eindruck machen, ist alles in Ordnung bis auf die Züchterin und ihren Wiegewahn. Wahrscheinlich reiben sich die Welpen in diesem Moment erfreut ihre Pfoten, da sie vom ständigen Wiegen sowieso total genervt sind.

WOMIT MAN SICH SONST NOCH
SO DIE ZEIT VERTREIBEN KANN

Die Anspannung der letzten Wochen macht sich jetzt doch langsam bei mir bemerkbar. Ich werde manchmal etwas vergesslich. Im Kümmern um Mutter, Vater, Lilli, Loui und sechs Welpen geht einem schon mal das eine oder andere durch. An einem sonnigen Nachmittag bekomme ich einen Anruf von meinem Vater. Er braucht etwas, ich möchte einmal zu ihm herüberkommen. Gesagt, getan. Ich mache mich auf den Weg, um nach dem Zuziehen der Haustür festzustellen, dass sich der Hausschlüssel, Lilli und sechs Welpen jetzt hinter dieser Tür befinden. Ich könnte mir selbst in den Allerwertesten treten. Erinnerungen an den Vorfall mit Aaron kommen in meine Gedanken. Was, wenn ausgerechnet jetzt etwas passiert. Ich muss ruhig bleiben und darf keine Panik bekommen. Erstmal gehe ich zu meinem Vater rüber. Der merkt natürlich, wie aufgelöst ich bin und da wir beide ähnlich gestrickt sind, diskutieren wir (der genauere Beobachter würde sagen, wir streiten) erst einmal ein bisschen herum, anstatt das Problem konstruktiv anzugehen. Er befindet sich derzeit nicht im Besitz eines Reserveschlüssels und auch die beiden anderen Haustürschlüsselinhaber befinden sich beruflich bedingt zurzeit in Erkrath beziehungsweise Dortmund und können nicht mal eben hier vor Ort sein. Ich will zu den Babys und überlege, einen bestimmt sündhaft teuren Schlüsseldienst anzurufen. Mein Vater hat die rettende Idee. Ob die Balkontür im ersten Obergeschoss auf ist? Ja, sage ich, es ist ja Sommer und wir lüften dann eigentlich ständig. Na also, hinten im Garten befindet sich eine lange Leiter und über die könnte ich dann ja auf den Balkon klettern. So ganz behagt mir die Idee nicht, aber der Welpenmutterinstinkt siegt hier ganz klar. Papa und ich gehen zu uns rüber. Die Nachbarn lassen mich freundlicherweise durch ihren Garten über den Zaun in meinen Garten klettern. Ich öffne anschließend meinem Vater die Garage und wir holen gemeinsam die Riesenleiter aus dem Garten, um sie an den Balkon zu stellen. Nicht so ganz einfach für einen 83-jährigen Senioren und seine Tochter. Lilli beobachtet uns interessiert durch die Glasscheibe der abgeschlossenen Terrassentür. Sie scheint auf jeden Fall entspannter zu sein als wir und wedelt freundlich mit dem Schwanz. Jetzt wird mir doch etwas mulmig. Mein Vater und ich lamentieren noch ein bisschen über den richtigen Neigungswinkel der Leiter und schließlich vertraue ich ihm und seinen Fähigkeiten, die Leiter zu halten und klettere los. Oben angekommen muss ich ein bisschen tricksen, um über die Brüstung auf den Balkon zu kommen. Es gelingt mir und ich fühle mich ein bisschen wie James Bond in geheimer Mission. Jetzt schnell runter, nach den Babys sehen. Alle schlafen in friedlicher Eintracht in der Wurfbox. Loui und Lilli freuen sich über meine Rückkehr, die ihrer Meinung nach, ruhig mit einem Leckerchen gekrönt werden könnte. Ich lasse meinen Papa ins Haus und denke, dass ich ein weiteres Abenteuer im Leben einer Welpenmutti erfolgreich bestanden habe.

WILLKOMMEN IM ZWINGERCLUB

Da wir ja nun Neuzüchter sind, nicht zu verwechseln mit neureich - denn bei den Kosten, die wir bisher mit den Welpen und Lilli hatten, sind wir eher neuarm geworden - muss auch ein entsprechender Name für unseren Zwinger her. Der Name unseres Zwinger wird in die Papiere unserer Welpen eingetragen und muss auch, gegen Gebühr natürlich, vom Zuchtverband genehmigt und ins Zuchtbuch eingetragen werden. Er sollte natürlich schon etwas hermachen. Die „Hunde vom Ruhrpott" wäre da wohl eher kontraproduktiv. Nun gibt es in der deutschen Züchterszene eine Menge interessanter Zwingernamen. Dann ist der Hund oder dessen Zwinger ein „von und zu", „erstaunlich und wunderschön", „großartig und außergewöhnlich" oder „vom Burg-, Schlossgraben beziehungsweise der Ritterburg" . Oder der Name besteht aus Buchstabenkombinationen, die es zu entschlüsseln gilt. Da werden zum Beispiel, der erste Buchstabe vom ersten Zuchthund und der letzte Buchstabe vom letzten Zuchthund zusammengesetzt und bilden so den Zwingernamen. Auch in Zeiten des Brexit sind viele Züchter immer noch anglophil veranlagt und entscheiden sich für einen englischsprachigen Namen für ihren Zwinger, der dann natürlich auf Englisch Kennel heißt. Auch wir erliegen dem Drang irgendetwas ausländisch Klingendes auf den Weg zu bringen. Wir diskutieren heiß, der genaue Beobachter würde sagen wir streiten, welcher Name in Frage kommen könnte. Getreu dem Motto „nomen est omen" finden wir, dass der Zwingername schon eine wichtige Rolle spielt, wenn man Kunden akquirieren möchte. Das gilt doch auch für andere Dinge im Leben. Wer möchte schon Technik mit dem Namen digitales Medienabspielgerät kaufen, wenn er auch einen iPod bekommen kann? Und wer möchte denn einen schnöden Geländewagen fahren, wenn er stattdessen auch ein Sport Utility Vehicle, kurz SUV, fahren kann? So entscheiden wir uns nach einigem Hin und Her dann für den Zwingernamen „Golden Valley Retriever". Wohnlich nicht ganz passend, da wir auf einem kleinen Berg und nicht im Tal wohnen, aber es hat so etwas schön Geschwungenes an sich. Finde ich zumindest. Ian hätte auch gerne irgendetwas mit dem Wort Meadow genommen. Meadow bedeutet übersetzt Wiese. Aber dazu fallen mir nur die Häufchen ein, die wir tagtäglich hinter Lilli und Loui von der Wiese aufsammeln. Gesagt getan: Ich gebe den Namen an den Zuchtverband weiter und nach kurzer Zeit bekommen wir unseren Eintrag. Fortan heißen wir „Golden Valley Retriever" und sind damit als Neuzüchter wieder einen Schritt weitergekommen.

ANASTASIA

Frau Peters ist aus dem Urlaub zurück und wie vereinbart hat sie das Erstwahlrecht für eine Hündin. Wir haben uns für den späten Nachmittag verabredet und sie kommt gemeinsam mit ihrem Lebensgefährten zu uns. Nach der üblichen Routine von Händewaschen und so weiter setzen sich die beiden im Wohnzimmer in den Eingang der Wurfbox. Ich lege eine dicke Decke auf den Wohnzimmerfußboden und setzte die Würmchen unter Lillis wachsamem Blick darauf. Die beiden sind überwältigt, wie groß die Welpen schon geworden sind. Sie setzen sich zu den Babys auf den Fußboden und ich lasse sie einfach in Ruhe schauen und entscheiden. Das wird das erste Welpenmädchen, das hier ein neues Zuhause finden wird. Fast schon ein historischer Augenblick. Die Welpen sind jetzt 19 Tage alt und wuseln noch unbeholfen in der Wurfbox herum. Lilli schaut sehr genau zu, was da im Moment passiert. Ich bin gespannt, welcher Welpe das Herz der beiden erobern wird. Ich lasse sie einen Moment alleine und erledige in der Küche eine meiner vielen Aufgaben. Nach ein paar Minuten habe ich doch keine Ruhe mehr und gehe zurück. „Wir denken, dass es Anastasia sein wird", meint Frau Peters. Sie schaut noch einmal in die Box und sagt dann sehr überzeugt: „Doch, die ist es.". Ich bin baff. Anastasia war ja die Erstgeborene und ich hatte damals im Überschwang meiner

Gefühle Frau Peters angerufen und ihr von der Ankunft der Kleinen berichtet. Jetzt hat sie sich genau für diese kleine Maus entschieden, die sich auch optisch durch ein helleres Fell von ihren Geschwistern unterscheidet. Die beiden scheinen sehr glücklich und zufrieden mit dieser Entscheidung und ich bin es auch. Ich gebe Frau Peters den Reservierungsvertrag mit und bitte sie, diesen noch einmal durchzulesen und mir dann beim nächsten Besuch wieder ausgefüllt mitzubringen. Ich sage ihr, dass sie sich ihre Entscheidung auch noch einmal überlegen kann. Aber sie hat sich in die Kleine verliebt und dann soll es wohl so sein. Wie alle anderen Welpenkäufer sollen sie sich überlegen ob der Name des Hundes geändert werden soll. Diese Änderung sollen sie mir dann so zeitnah wie möglich mitteilen, damit ich die kleine Maus dann mit ihrem zukünftigen Namen ansprechen kann. Die Welpen sollen, in den verbleibenden Wochen, immer wieder ihren Namen in Verbindung mit Leckerchen, Lob oder Streicheleinheiten hören und so an ihn gewöhnt werden. Wir sprechen einen neuen Besuchstermin ab und ich winke den beiden noch an der Haustür hinterher. Drinnen sehe ich Anastasia nachdenklich an. Was wohl noch alles vor ihr liegt? Jetzt, nach der Vermittlung der ersten Hündin, wird mir bewusst, dass noch fünf weitere Welpen genau den gleichen Weg gehen werden. Sie werden ein neues Zuhause finden und mich verlassen. Ich nehme die Kleine schnell auf den Arm und drücke sie liebevoll an mich. Darüber nachzudenken, das werde ich, wie Scarlett O'Hara in „Vom Winde verweht", mal schnell auf morgen verschieben.

Lilli, einmal ablenken, bitte!

GUTE NACHRICHTEN

Im Moment läuft alles echt prima. Die Welpen sind so niedlich und machen uns viel Freude. Habe ich anfangs, als die Babys noch winzig waren, mal einfach so mit einem Glas Rotwein in der Wurfbox gesessen und Welpen-TV geguckt, so ist das jetzt schon nicht mehr so einfach möglich. Die Kleinen sind um einiges agiler geworden und wenn ich mich heute in die Wurfbox begebe, beginnt sofort das große Klettern und Knabbern. Aber auch das macht mir großen Spaß. So langsam gehen auch die Ohren und Augen bei den Winzlingen auf. Ich wusste zunächst nur, dass Welpen bei der Geburt blind sind, habe aber gelernt, dass sie auch vollkommen taub sind. Die Ohrmuschel ist noch genauso verschlossen wie die Augen. In den ersten Lebenswochen reagieren sie nur auf Wärme und Geruch. Daher bekommen sie auch mit, wenn sich Lilli oder meine Wenigkeit in der Wurfbox befindet. Mit dem Unterschied, dass es bei mir nichts zu fressen gibt. Aber ich streichele die Kleinen und gewöhne sie schon an Hände und menschlichen Geruch. Neben der tollen Entwicklung der Welpen gibt es familiär eine ebenso tolle Entwicklung. Unser Sohn will heiraten. Seine Frau hat zum Glück auch einen Golden Retriever. Einen wirklich wunderschönen Rüden namens Boomer. Was soll da noch schief gehen zwischen den beiden. Er weiht uns in seine Pläne ein, um die Hand seiner Liebsten anzuhalten. Vorher bittet er noch ganz Old School die Brauteltern um ihren Segen für den Antrag. Ian und ich sind richtig aufgeregt. Heute Abend soll die ganze Aktion starten. Wir sitzen gespannt im Wohnzimmer. Ian guckt irgendwelche Actionfilme und ich schaue mal wieder Welpen-TV, als das Handy klingelt. Jonas ist ganz aufgeregt, erzählt wie alles gelaufen ist und Jacqueline erzählt uns noch ein paar Details dazu. Darauf stoßen wir erstmal mit einem Glas Sekt an. Jetzt sind wir nicht nur Welpen-, sondern auch zukünftige Schwiegereltern. Und da mir schon jetzt, obwohl die Welpis noch so klein sind, vor dem Abschied von der Bande gruselt, tröste ich mich mit dem Gedanken, dass im nächsten Jahr eine Hochzeit vorzubereiten ist. Aber noch liegt der Auszug der Welpen in weiter Ferne und außerdem sind ja noch nicht alle vermittelt.

Es tut sich was. Eine Familie hat meinen Aushang bei REWE (nein, ich habe die Welpen dort nicht zum Verzehr angeboten!) gelesen und kommt auch hier aus unserer Stadt. Fast zeitgleich bekomme ich noch einen weiteren Anruf von einer Frau aus der Nähe von Krefeld. Beide würden die Welpen gerne einmal besuchen kommen. Ich bin völlig aus dem Häuschen. Endlich geht es voran. Der Dame aus Krefeld biete ich an, sie in Recklinghausen vom Bahnhof abzuholen, da sie mit dem Zug kommt. Die Fahrt vom Bahnhof mit dem Bus zu uns würde wahrscheinlich noch einmal fast genauso lange dauern wie die Zugfahrt von Krefeld nach Recklinghausen. Man muss schließlich Einsatz zeigen. Wir verabreden uns für den übernächsten Tag. Die andere Familie, Mutter und Tochter um genau zu sein, möchte heute schon kommen. Als die beiden ankommen, zeigen sie sich mit der Regelung des Händewaschens und Desinfizierens einverstanden, stehen aber kurz darauf mit ihren Straßenschuhen im Wohnzimmer. Die Welpen wuseln zwischen uns herum und ich bin hin- und hergerissen, ob ich auf meine Hygieneregeln bestehen soll oder nicht. Beide sehen sich ein bisschen entsetzt das Chaos im Wohnzimmer an. Die Welpen haben eine Zeitung erwischt und geschreddert, und ich erkenne auch schon ein oder zwei Pfützchen. Es genügt eigentlich ein Blick, um zu erkennen, dass das hier nichts wird. In just diesem Moment kommt Amy vorbei und erbricht sich auf dem Chuck-Turnschuh der

Tochter. Ich glaube, besser hätte ihnen keiner klar machen können, dass ein Hund nicht nur süß und niedlich ist und sie jetzt besser gehen sollten. Die beiden gehen sofort und werden beim Rausgehen noch mit Küchenpapier für die Kotze versorgt. Ich bin ein bisschen sauer und schadenfroh. Hätten sie auf mich gehört und sich die Schuhe ausgezogen, wäre jetzt nur der Socken betroffen gewesen. Den kann man sicherlich einfacher waschen als den teuren Leinenturnschuh. Wie dem auch sei, ich sammele meine Welpen ein, sperre sie in die Wurfbox und wische sicherheitshalber alle Räume, die die beiden betreten haben, mit Sagrotan durch. Nicht ganz so erfolgreich, würde ich sagen, aber jetzt kann es doch eigentlich nur besser werden.

Einen Tag später hole ich nachmittags bei brütender Hitze die Interessentin aus Krefeld am Bahnhof ab. Sie zieht sich die Schuhe aus, das ist auf jeden Fall ein Pluspunkt. Adele, unser Nesthäkchen, hat ihr Interesse geweckt. Wir sitzen auf dem Wohnzimmerboden und die Welpen wuseln um uns herum. Nach einer halben Stunde Besuchszeit macht sich die Dame auf den Heimweg, was für mich heißt, wieder in senkender Sonne sieben Kilometer zum Bahnhof hin- und wieder zurückfahren. Alles im Einsatz für ein gutes Zuhause.

Lilli, Du kannst stolz auf mich sein!

ALISSIA

Es ist Sonntagmorgen, ein sehr sonniger übrigens, so wie das Wetter überhaupt in den letzten Wochen echt schön war. Das Handy klingelt und ich bin wie elektrisiert. Könnte das ein Welpeninteressent sein? Jackpot, so ist es! Eine Dame aus dem Duisburger Raum ruft mich an. Sie klingt sehr nett und ist auch sehr interessiert an einer Hündin. Aber es gäbe da ein

Problem. Sie wäre schon fast sechzig und ein anderer Züchter wollte ihr in dem Alter keinen Welpen mehr verkaufen. In meinem Kopf rattert es. Ich versuche eine Entscheidung zu treffen, ob sechzig zu alt für einen Welpen ist, und dabei gleichzeitig das Gespräch am Laufen zu halten. Ich entscheide, ehrlich zu sein und frage, ob es denn gesundheitliche Einschränkungen bei ihr gebe. Was soll ich um den heißen Brei herumreden und falls sie schwer betagt im Rollstuhl sitzen sollte, kann ich ihr, glaube ich, gut erklären, warum ein Goldi Welpe jetzt doch nicht so ganz das Richtige für sie wäre. Kopf und Herz treffen bei mir schnell die Entscheidung, dass es eigentlich fast diskriminierend ist, jemanden mit knapp sechzig als zu alt für einen Goldi zu erachten. Nein, sie hätte vor kurzem ihr Pferd einschläfern müssen und möchte jetzt kein neues Pferd kaufen, sondern lieber wieder einen Hund. Es gab in der Familie schon einmal einen Golden Retriever und die Rasse ist so toll, dass es nun wieder einer sein soll. Auf mein „Ja" als Antwort ist sie so begeistert, dass sie anfragt, ob sie nicht gleich vorbeikommen kann. Soll mir nur Recht sein. Schließlich muss ich noch drei Hündinnen loswerden. Etwa eine Stunde später schellt es an der Haustür. Loui macht wie immer einen Mordsradau, um sich dann auf die Couch zu verkrümeln, Lilli begrüßt Herrn und Frau Müller begeistert und die sind wiederum begeistert von Lilli und ihren Babys. Beide haben weder Probleme, die Schuhe auszuziehen, noch sich die Hände gründlich zu waschen und zu desinfizieren. Super Pluspunkt für die beiden und ich zische den Welpen zu, dass heute bitte kein „Füße bekotzen" angesagt ist. Wie Frau Müller sich da so die Hündinnen ansieht, bekomme ich plötzlich Panik, sie könnte sich für Adele oder Amy entscheiden. Aus welchen Gründen auch immer regt sich plötzlich etwas in mir, das die beiden Mädels oder zumindest eine von den beiden behalten will. Ich bete innerlich, dass sie sich für Alissia entscheidet. Mein Herz klopft, während ich sie dabei beobachte, wie sie meine beziehungsweise Lillis Babys beobachtet. Irgendwie scheint mein Gebet zu funktionieren, denn sie nimmt tatsächlich die kleine Alissia auf den Arm und knuddelt mit der Kleinen herum. Der scheint ihr Frauchen in spe zu gefallen und sie wackelt freundlich mit dem Schwänzchen. Frau Müller ist wirklich gerührt und hat fast Tränen in den Augen. Mir fällt ein Stein vom Herzen, dass Adele und Amy noch zu haben sind. Aber mir wird auch klar, dass ich jetzt doch ein kleines Problem habe, nämlich, dass ich wirklich gerne eines von den Babys behalten möchte. Bisher war das nicht wirklich ein Thema bei uns, aber jetzt werden wohl einige Diskussionen, der genaue Beobachter würde Streitereien dazu sagen, auf uns zukommen.

„WIR HABEN HUNGER, HUNGER, HUNGER ... .“

Es ist Besuchstag für Anton. Die Welpen sind jetzt gute drei Wochen alt und bisher ist, von kleinen lustigen Episoden abgesehen, eigentlich alles immer gut gelaufen. Anton ist heute allerdings nicht in Besucherlaune. Er mäkelt, quengelt und will so gar nichts mit sich machen lassen. Frau Wertmann ist unsicher und fragt sich, ob sie etwas falsch gemacht hat. Ich bekomme etwas Panik, nicht dass sie vom Vertrag zurücktritt, weil sie so ein quengeliges Bürschchen nicht möchte. Ich versuche alles, um zu helfen. Schiebe Blähungen, Trotzalter und allgemeines Unwohlsein vor. Vielleicht liegen auch die Haare nicht so gut und Anton möchte sich nur im allerbesten Licht präsentieren. Es ist zum Haareraufen. Er jammert und jammert, und Lilli fängt aus lauter Solidarität und

Mütterlichkeit an, mit zu jammern. Ich schaukele den Kleinen, dass ihm vor lauter Schaukelei schlecht werden müsste. Alles Streicheln hilft auch nicht. Frau Wertmann ist enttäuscht, dass merkt man, aber sie ist schon eine echte Welpenmama, denn es überwiegt die Sorge um den Kleinen und ich habe überhaupt keine Zweifel daran, dass dies ihr Hund werden soll. Nachdem sie wieder abgefahren ist, bin ich ratlos und rufe Sabine, meine Züchtermama an. Die überlegt. Drei Wochen sind die Welpen alt, vielleicht hat Anton ja Hunger und die Milch reicht jetzt nicht mehr. Ich lege auf und rühre das erste Mal die Welpenmilch aus der Dose an. Das braucht natürlich einige Zeit, denn das Wasser koche ich vorsichtshalber dreimal ab und bis das dann kalt wird, das dauert. Dabei überlege ich, wie ich den Welpen die Milch füttern soll. Jeden einzeln mit einem Fläschchen? Das kann dauern und doof sind die Kleinen ja auch nicht. Zitze oder Nuckel, den Unterschied bemerken sie bestimmt. Ich entscheide, die Milch auf einen flachen Teller zu gießen, diesen auf eine rutschfeste, wasserdichte Unterlage, von denen ich ja reichlich habe, zu stellen und die Welpen um den Teller zu platzieren. Damit das Ganze nicht in ein komplettes Chaos ausartet, warte ich vorsichtshalber bis Ian von der Arbeit zurückkommt. Bis dahin muss ich halt Antons zeitweises Gejammer ertragen. Als Ian dann da ist, platzieren wir Teller und Welpen auf dem Wohnzimmerfußboden. Zunächst wissen die Kleinen nicht, was Sache ist und bewegen sich unkoordiniert um den Teller herum. Wir tauchen die Finger in die Milch und geben den Welpen davon ins Mäulchen. Es dauert nicht lange und alle fangen an, ihre Nasen in die Milch zu tauchen. Das Auflecken geht noch nicht so routiniert. Ist ja auch das erste Mal, aber es geht. Anton muss echt Hunger haben. Dem muss ich nicht zweimal erklären, wie es geht. Er leckt ziemlich schnell die Milch in sich hinein und endlich ist Ruhe im Karton. Ich erstatte sofort Frau Wertmann Bericht und sie ist erleichtert, dass Anton wohl einfach nur Hunger hatte. Der Arme. Vielleicht haben ihn seine Geschwister immer von den guten Zitzen abgedrängt und er hat deshalb zu wenig Futter abbekommen. Ich weiß nur, dass jetzt ein kleiner Schritt in Richtung Erwachsenwerden gemacht wurde und ich die Welpen ab jetzt mehrmals am Tag mitfüttern werde. Da kommt schon etwas Wehmut auf, aber wohl nur bei mir, denke ich, als ich sehe, mit wie viel Genuss Lilli den Rest der Welpenmilch vom Teller abschlürft.

Die Welpen werden ab jetzt von uns mitgefüttert und haben auch keine Lust mehr, nur in der Wurfbox zu hocken. Da draußen gibt es eine Welt zu entdecken und da ist es schon interessant zu sehen, wie unterschiedlich sich alle aus der Box heraus trauen. Die einen jammern ununterbrochen, bis wir endlich die Tür der Welpenbox öffnen und stürmen dann hinaus, während die anderen eher vorsichtig sind und darauf schauen, was der Bruder oder die Schwester so macht. Es ist Sommer und warm, darum stehen alle Türen weit offen. Auch hier wiederholt sich das Spiel. Zuerst sehr vorsichtig und dann immer fordernder, im Entdeckerrausch, wird Zimmer für Zimmer erobert und zu guter Letzt dann die Terrasse. Im Esszimmer beobachten die Kleinen interessiert, was Lilli da mit dem Wassernapf macht. Adele steckt ihre Nase in den Napf und ist regelrecht empört darüber, was ihr denn da angeboten wird. Das schmeckt doch nach rein gar nichts. Aber auch hier siegt am Ende die Neugier und nach und nach probieren alle vom Wassernapf, der natürlich nicht gegen Mamas Zitzen oder die angerührte Welpenmilch anstinken kann.

Nach kurzer Zeit mit zugefütterter Welpenmilch kommen auch Krockis von Lillis Futter dazu. Wir füttern Lilli seit Anfang des Jahres mit einem sehr hochwertigen kaltgepressten Futter, dass auch für Welpen geeignet ist. Da wir nun nicht mehr nur reine Welpenmilch zufüttern, sondern auch Krockies in der Milch auflösen, übernimmt Lilli ab sofort keine komplette Welpenpflege mehr. Bis dato hat sie den Babys ja immer gut den Bauch geleckt und dabei massiert. Dadurch hat sich dann der Kot beim Welpen gelöst und wurde direkt von Lilli aufgefressen. Hört sich jetzt erstmal nicht so appetitlich an, ist aber der Lauf der Natur. Ich fand es bisher sehr praktisch, denn nun verändern sich die Umstände schlagartig. Zum einen erobern die Kleinen immer mehr ihre Umgebung und hinterlassen zum anderen auch, wo sie gehen und stehen, ihren Kot. Das katapultiert uns, genauer gesagt in erster Linie mich, in ganz neue Dimensionen der Arbeit. Musste vorher nur die Wurfbox ein- bis zweimal täglich gereinigt und mit neuen, natürlich auch von mir frisch gewaschen Decken versehen werden, so muss nun mehrmals am Tag das Futter zubereitet , die Hinterlassenschaften vom Fußboden aufgesammelt und natürlich gewischt werden. Die Welpen wollen ab jetzt auch nachts nicht mehr in der Wurfbox bleiben. Sie jammern und bellen die ganze Nacht hindurch, weshalb wir am nächsten Morgen ziemlich übermüdet beschließen, die Kleinen nachts in das Welpenhäuschen im Garten umzusiedeln. Der Raum war ursprünglich die Werkstatt meines Vaters und wurde von uns komplett renoviert. Wir haben dort wandhoch Fliesen verlegt, den Raum noch einmal stärker gedämmt, obwohl das jetzt im Sommer nicht notwendig ist, und alles welpensicher gemacht.

Am Abend fällt es mir jedoch extrem schwer, die Welpen dann auch tatsächlich umzusiedeln. Ian nörgelt ab 23 Uhr, dass er jetzt doch wirklich gerne ins Bett möchte und ich schaffe es, ihn noch bis 0.30 Uhr hinzuhalten. Dann fallen uns beiden fast die Augen zu und die Welpen lassen sich anstandslos in ihre neue Umgebung bringen. Ich hatte die Bande in den letzten Tagen tagsüber sowieso immer mal wieder dahin gebracht. Anfangs mit Mama Lilli und später auch alleine. Das hatte eigentlich immer gut geklappt. Jetzt haben wir verschiedene Decken und Körbchen aufgestellt, den Wassernapf gut gefüllt und zur Nacht gibt es auch noch einen kleinen Mitternachtssnack. Daraufhin fällt Ian sofort in einen komatösen Schlaf, Lilli kuschelt sich auf die Couch und Loui genießt es, mal keine sechs Zwerge an sich kleben zu haben. Alle sind glücklich, genauer gesagt, alle bis auf einen. Nämlich mich. Ich habe die Tür zum Welpenhäuschen wie Fort Knox abgeschlossen und gesichert. Jetzt liege ich hellwach im Bett und lausche auf jedes Geräusch. Einbrecher, Welpendiebe oder gar ein Fuchs, der Appetit auf Welpen hat? Mein Kopfkino ist unglaublich kreativ. Irgendwann siegt dann doch die Müdigkeit und sechs Welpen, nebst Mama Lilli, Onkel Loui und Noch-Besitzern verbringen ihre erste Nacht getrennt voneinander. Am nächsten Morgen sprinten Lilli und ich in aller Frühe dann rüber zu den Babys. Und jetzt ist Lilli auch genauso unruhig wie ich. Die Welpis bellen und begrüßen uns total aufgeregt und hängen sich erstmal an Lillis Zitzen. Ich werfe einen Blick in den Stall. Die ausgelegten alten Tageszeitungen wurden zwar auch als Toilette benutzt dennoch sieht es so aus, als hätte hier ein Papierschredder gestanden, der die trockenen Zeitungen in kleine Schnipsel zerlegt hat. Da wartet schon die nächste Aufgabe auf mich. Hier muss nachher gründlich aufgeräumt werden, aber jetzt nehme ich die Bande rüber ins Haus und dann gibt's für Frauchen erstmal Kaffee und Frühstück für die Babys.

DIE NÄCHSTE AUF DER LISTE

Es ist ein trister Sonntag im Spätsommer. Ich bin immer noch, wenn auch verhaltener, auf der Suche nach neuen Besitzern für Adele und Amy. Heute haben sich meine Stimmung und das schlechte Wetter zu einem unguten Mix verbunden. Ich bin irgendwie besorgt, ob sich denn jemals weitere Käufer für die Welpen finden werden, gleichzeitig aber auch traurig, weil mir die beiden Zwerge echt ans Herz gewachsen sind und ich am liebsten beide behalten möchte. Das kalte fast herbstliche graue Regenwetter erledigt dann noch den Rest. Den ganzen Tag winde ich mich herum, nerve Bekannte mit der Tatsache, dass noch zwei Welpen nicht vermittelt wurden und schließlich sehen mich selbst Lilli und Loui am Nachmittag genervt an. Um unser aller Laune zu verbessern, beschließe ich, die beiden mal so richtig ausgiebig spazieren zu führen. Loui ist sowieso in der letzten Zeit ein bisschen zu kurz gekommen und wenn er dann mal von der Couch springt, hängen sich gleich sechs Welpen an seine Fersen. Auch wenn ich, sobald ich das sehe, dazwischengehe und die Welpen mit einem strengen „Nein" von ihm wegstupse, ist die Situation nicht optimal für ihn. Er ist, durch viele Misshandlungen in seinem ersten Zuhause und schlechte Sozialisation, von Natur aus ängstlich und keiner, der auch mal mit der Pfote auf den Napf haut. Das merken die Welpen natürlich und es kommt viel zu selten vor, dass er sie maßregelt. Speziell für ihn, aber auch, um Lilli mal eine Pause zu gönnen, gibt's jetzt einen langen Marsch. Ian ist auch den ganzen Tag vor meiner Laune geflohen und gibt vor, derzeit sehr beschäftigt zu sein und mich nicht begleiten zu können. Aber auf die Welpen muss er trotzdem aufpassen, was ihm allerdings weniger auszumachen scheint, als die Vorstellung, mich zu begleiten. Egal, wir marschieren los. Es ist schon fast halb sieben am Abend, herbstlich trotz August im Kalender, und kein Mensch ist so blöde, bei so einem Sauwetter noch rauszugehen. Das macht aber nichts, so haben wir den Park ganz für uns alleine. Ich merke wieder einmal, wie gut es tut, mit den Hunden spazieren zu gehen und dabei einfach die Gedanken fließen zu lassen. Alles geht mir durch den Kopf, die Welpen, meine Eltern und ihre Situation, die Tatsache, dass ich bald wieder arbeiten gehen muss, als mein Handy klingelt. Es ist, ich kann es kaum glauben, eine Dame, die sich für einen Golden Retriever interessiert. Sie erzählt, dass sie heute bei einer Veranstaltung des Deutschen Retriever Clubs in Gelsenkirchen war und sich irgendwie in die Rasse verliebt hat. Wem kann man das verdenken? Wir fangen an zu reden, während ich noch unterwegs bin und setzen das Gespräch fort bis ich wieder daheim bin und darüber hinaus. So gründlich bin ich noch nie befragt worden. Von Fragen nach der Ernährung, Versicherung, Hundesteuer, bis hin zur Sauberkeitserziehung kommt alles auf den Tisch. Ich fühle mich diesmal, als wenn mich die CIA ins Visier genommen hat und versuche, alle Fragen nach bestem Wissen und Gewissen zu beantworten. Gleichzeit bin ich auch begeistert, dass sich hier jemand wirklich Gedanken macht und nicht nur wie die Turnschuhmutti und -tochter einfach mal aus Neugierde kleine Hundebabys sehen möchte. Wer soviel fragt, der meint es auch ernst und das ist mir wichtig. Nach fast einer Stunde telefonieren verabreden wir uns für den übernächsten Tag. Ich sage auch, dass jetzt nur noch zwei Hündinnen zu vermitteln sind, aber das scheint für Frau Köster kein Problem zu sein. Meine Laune bessert sich wieder, dazu haben sicherlich das Telefonat und der schöne Spaziergang beigetragen.

Es ist Dienstag und Frau Köster kommt mich gemeinsam mit ihrem Sohn am späten Nachmittag besuchen. Ich erkläre beiden an der Haustür „the same procedure as everytime", sprich Schuhe aus, Hände waschen und desinfizieren und los geht's. Mein Herz klopft sehr. Ich möchte eigentlich weder für Adele noch für Amy eine Käuferin finden und doch weiß mein Kopf, dass es nicht anders geht. Die beiden sind völlig hin und weg von der Bande. Auch Lilli wird gebührend gelobt und gestreichelt. So eine schöne Hündin. Ich bin wie immer stolz auf meine Hundefamilie. Ganz tief in mir hatte ich ja gehofft, dass Amy ihr Herz erobern würde, aber die kleine Adele mit ihrem manchmal kecken und immer lustigen Wesen hat es beiden angetan. Frau Köster nimmt die Kleine auf den Arm und Adele leckt ihr ohne Furcht und Scheu das Gesicht. Die beiden sehen sich an, als wären sie füreinander bestimmt. Ich bin wirklich bewegt und Frau Köster geht es genauso. Sie hat Tränen in den Augen und auch Ian und ich sind gerührt, wie angetan Adele von Frau Köster ist. Gleichzeitig schreit alles in mir: Nein, diesen Hund gebe ich nicht her! Adele, mach doch was, beiß, bell oder sei einfach sehr unerzogen! Aber der kleine Wurm denkt nicht einmal daran. Sie kuschelt sich regelrecht bei Frau Köster an. Ian holt sofort die Kamera und macht einige Bilder von diesem Moment. Auch dem Sohn wird Adeles Gunst zuteil. Alle sind sehr angetan und gerührt, aber meine Wenigkeit kämpft innerlich. Ich erkläre Frau Köster das genaue Prozedere, zeige ihr den Reservierungsvertrag und lege ihr, ganz uneigennützig natürlich, sehr ans Herz, sich das Ganze noch einmal gut zu überlegen. Der Hund muss schließlich der ganzen Familie gefallen und die Tatsache, dass ihr Mann heute nicht dabei ist, lässt mich hoffen. Vielleicht kann Adele ja doch bleiben. Amy tapst zwischen uns herum. Ich sehe die kleine Maus an und denke, gut dass du noch hier bist. Wir verabreden eine oder auch zwei Nächte Bedenkzeit. An der Tür sagt mir Frau Köster, dass sie Adele gerne zu Beginn der Herbstferien abholen würde, da sie dann Urlaub hat und auch der Rest der Familie zuhause ist und sich um den neuen Hund kümmern kann. Das würde bedeuten, dass die Kleine doch noch einige Zeit bei uns bleibt. Ich bin etwas unsicher, ob das gut oder schlecht ist, halte mich aber erstmal bedeckt und sage, dass dies schon kein Problem darstellen wird. Als die beiden gegangen sind, muss ich erstmal ganz tief durchatmen. Ian feiert schon den Verkauf des vorletzten Hundes, doch ich fühle mich eher traurig dabei. Was den Abgabetermin angeht, werde ich mich erstmal in der hiesigen Literatur und bei befreundeten Züchtern erkundigen.

Am nächsten Abend führen Ian und ich eine erneute Grundsatzdiskussion darüber, ob nicht wenigstens ein Welpe bei uns bleiben kann. Wir können nicht beide, also Amy und Adele, behalten. Dass das eindeutig zu viel wäre, ist selbst mir klar. Aber ein klitzekleiner Welpe, der fällt doch hier im Haushalt gar nicht auf. Mein Göttergatte weist mich darauf hin, dass meine Mutter gerade einen Schlaganfall hatte, mein Vater jetzt auch mehr Unterstützung benötigt und wir eigentlich nicht wirklich einen dritten Hund gebrauchen können. Mein Kopf versteht das, mein Herz ist allerdings ganz anderer Meinung. So legen wir die Sache ad acta, bis kurze Zeit später das Telefon klingelt. Mein Herz klopft. Eine Essener Nummer, das kann nur Frau Köster sein. Ja, ihr Sohn und sie sind so begeistert von Adele, Lilli und uns und wollen die Kleine auf jeden Fall haben. Sie würden jetzt auch zeitnah kommen, um den Reservierungsvertrag und die Anzahlung vorbeizubringen. Ich kläre mit ihr die Abholmodalitäten. Ian und ich wollen Anfang Oktober auf jeden Fall für ein paar Tage nach Holland fahren, um den etwas missglückten Urlaub vom Sommer nachzuholen. Das heißt, dass Adele spätestens am dritten Oktober hier abgeholt werden müsste. Ich habe zwischenzeitlich versucht, mich hinsichtlich eines späteren Abgabetermins etwas schlauer zu machen, aber wirklich eindeutig, waren die Informationen nicht. Es gibt, was den Abgabetermin von Hundewelpen an die neuen Besitzer angeht, zwei Fraktionen. Die einen sind Verfechter einer Abgabe bis spätestens zur neunten Woche, da die Sozialisierung des Welpen eigentlich mit Ablauf der 16. Woche abgeschlossen ist und er bis dahin genügend Zeit hat, um sich an eine neue Familie und neue Lebensumstände zu gewöhnen. Wird er zu spät abgegeben, findet diese Sozialisation angeblich nicht ausreichend statt, was für den Welpen Stress bedeutet. Die andere Fraktion ist der Meinung, dass die Welpen durch den langen Verbleib bei der Mutter viel mehr lernen als in einer neuen Umgebung und dass sie dadurch auch viel stressresistenter sind. Für mich klingt beides plausibel und fünf weitere Wochen bei uns bedeuten ja auch, dass noch knapp fünf weitere Wochen für die Sozialisation in der neuen Familie bleiben. So bin ich dann auch mit einem späteren Abholtermin einverstanden und gebe in einer letzten kleinen Hoffnung, Adele doch noch behalten zu können, an, dass ich auch den Ehemann gerne kennenlernen möchte. Vielleicht will der ja gar keinen Welpen und Adelchen kann doch hierbleiben. Aber da bin ich eindeutig an der falschen Adresse. Ja, der Ehemann wird auf jeden Fall bei einem der nächsten Besuche mitkommen und möchte die kleine Maus gerne kennenlernen. Ich gebe mich geschlagen. Immerhin haben wir ja noch unsere Amy. Und die wird mir Ian ja wohl nicht wegnehmen wollen – oder…?

JEDE MENGE KOHLE!

Es hat nicht sollen sein. Frau Köster kommt tatsächlich zwei Tage später mit der Anzahlung und Sternchen in den Augen vorbei, um Adeles Kauf dingfest zu machen. Was bleibt mir da anderes übrig, als den Vorvertrag auszufüllen, die Anzahlung entgegenzunehmen und zu hoffen, dass Amy bleibt. Ian ist vor Freude darüber, dass noch eine von den wilden Hummeln verkauft wurde, ganz selig. Wir diskutieren ein wenig (wer uns genauer kennt, könnte auch sagen, wir streiten) darüber, was mit Amy geschieht. Ganz eindeutig sind wir uns da nicht einig. Die ständigen Diskussionen um Amys Verbleib, das Waschen von zig Decken und Handtüchern, die ständige Beseitigung vieler vieler Häufchen und daneben der ganz normale Alltag mit arbeiten gehen, Eltern unterstützen und insbesondere der Betreuung von Mama nach ihrem Schlaganfall zehren langsam an unseren Nerven. Wenn man das Ganze wettertechnisch betrachten würde, könnte man sagen, wir befinden uns momentan in einem massiven Tiefdruckgebiet. Es ist also ein ganz normaler Wochentag im ganz normalen alltäglichen Wahnsinn und unser Sohn kommt uns kurz besuchen. Wir freuen uns immer, ihn zu sehen, aber auch er merkt schnell, dass hier stimmungsmäßig nicht viel zu reißen ist. Er raucht also ein oder zwei Zigarettchen auf der Terrasse und sucht dann das Weite. Ich kann es ihm nicht verdenken und würde ihn eigentlich gerne so für zwei oder drei Tage begleiten. Also verbleiben nur Ian und ich. Wir sitzen im Esszimmer und verzehren irgendeinen undefinierbaren Fraß, den ich aus Mangel an Lust und Energie mal schnell zusammengerührt habe. Auch das Essen trägt also nicht zur allgemeinen Erheiterung bei. Während ich so da sitze und gedankenverloren auf die Terrasse starre, fällt mir eine braune Flüssigkeit auf, die die Terrasse hinunterläuft.

Irgendwie schalte ich zuerst nicht so recht. Als es endlich in meinem Kleinhirn „Klick" macht, hat auch Ian den Braten gerochen. Wir springen fast gleichzeitig auf und sprinten auf die Terrasse. Bei dem, was ich da sehe, habe ich das Gefühl, dass mir jetzt bestimmt das Herz stehenbleibt. Jonas hat gedankenlos den Aschenbecher nicht welpensicher auf die Fensterbank, sondern auf einen Hocker gestellt. Das müssen die Welpen auch bemerkt haben, denn nun liegt der Aschenbecher, in dem sich auch immer etwas Wasser zum Löschen der Zigaretten befindet, auf dem Boden und viele Zigarettenkippen sind herausgefallen. Wir können zwei Welpen gerade noch Zigarettenstummel aus dem Maul ziehen. Ich weiß nicht, was ich zuerst machen soll. Schreien, einen hysterischen Anfall bekommen, die Tierklinik benachrichtigen oder Jonas anrufen. Wir kontrollieren jedes Welpenmaul und stellen fest, dass alle und wirklich ausnahmslos alle wie eine Kneipe in der guten alten Zeit am Samstagmorgen riechen, nämlich nach abgestandenem Qualm. Ich weiß nur aus meiner Zeit als Sozialarbeiterin in der flexiblen Familienhilfe, dass die Zigaretten auf dem Tisch in erreichbarer Nähe für Kleinkinder ein immerwährender Streit- und Kritikpunkt mit den Familien waren. Die Gefahr einer Vergiftung durch Nikotin ist einfach zu groß. Ich weiß bis heute nicht, ob es tatsächlich so richtig ist, aber angeblich soll der Verzehr einer Zigarette ein Kleinkind töten können. Was also machen die von den Welpen aufgenommenen Kippen mit ihnen? Und wie viele hat jeder einzelne Welpe auch tatsächlich gefressen? Wir haben ja nur bei zweien welche im Mäulchen entdeckt.

Die Bande macht im Gegensatz zu mir einen recht munteren Eindruck. Ich bin jetzt fertig mit Schönschreiben, rufe unter Tränen meine Freundin Marita an und berichte von der Misere. Die fackelt nicht lange und verspricht mir, schnell zu kommen und für die Situation zu beten und zu helfen. Das können wir jetzt wirklich gebrauchen. Ich rufe in der Tierklinik in Hochmoor an und habe eine supernette aber junge Tierärztin am Apparat. Die ist sich nicht ganz sicher und sagt zunächst, dass wir alle Welpen in die Klinik bringen können. Dort würden sie an den Tropf gelegt und zwei Tage stationär aufgenommen. Sie fragt aber noch einmal bei einer Kollegin nach. Das kann ich nicht, schon der Gedanke, Lilli und die Babys aus unseren Händen zu geben, überfordert mich. In dem Moment kommt sie zurück ans Telefon und sagt, dass wir alternativ auch zunächst erstmal versuchen könnten, den Welpen medizinische Kohle einzuflößen. Die würde das Nikotin binden und einer Vergiftung vorbeugen. Sie gibt mir eine Dosierung an, die ich völlig aufgelöst mitschreibe. Ich schicke Ian also los zur Notdienstapotheke, um medizinische Kohle zu besorgen. Außerdem bitte ich ihn, eine Einmalspritze mitzubringen, damit wir den Welpen die aufgelöste Kohle ins Mäulchen spritzen können. Die größte, die es dort gibt, denn mit einer Zwei-Milliliter-Spritze kommen wir ja nicht weit.

Mittlerweile ist auch Marita hier angekommen. Wir sitzen zusammen, ich heulender Weise, Marita versucht, das Chaos ein wenig zu ordnen und wir warten auf Ian. Wir warten und warten und warten. Ich kann es nicht fassen, ausgerechnet jetzt braucht er so lange, um ein bisschen Kohle zu besorgen. Ans Handy bekomme ich ihn auch nicht. Ich rufe erneut Jonas an, ich hatte ihn schon angerufen und ihm wegen des Aschenbechers eine Ansage gemacht. Ich bitte ihn, nach Marl in die Notdienstapotheke zu fahren und dort die medizinische Kohle zu besorgen und bitte SOFORT zu uns zu bringen. Der arme Kerl ist mehr als zerknirscht und froh, helfen zu können. Er verspricht mir, sofort loszufahren. Marita springt zwischen sechs immer noch sehr munteren und glücklichen Welpen und einer verzweifelten Welpenmutti hin und her. Endlich kommt Ian nach Hause. Er ist sowas von genervt. Die Apothekerin hat nur Barzahlung akzeptiert und so musste er erstmal einen Geldautomaten suchen. Der nächste war fast zwei Kilometer entfernt, also musste er dort Geld abheben, um anschließend wieder zurückzufahren und die Kohletabletten zu besorgen. Der Arme, um ihn muss sich jetzt Marita kümmern, ich packe die Apothekentüte aus. Die Einmalspritze, die man ihm verkauft hat, würde ausreichen, um einem ausgewachsenen Nilpferd einen Einlauf zu machen. Sie fasst 200 ml und ist eigentlich für die parenterale Ernährung gedacht. Ich kann mich noch nicht einmal darüber aufregen und will jetzt schnell die medizinische Kohle anrühren und den Welpen verabreichen. Ich lese die Packung und die Dosierung, die mir die Ärztin in Hochmoor durchgegeben hat. Ich stutze und lese noch einmal. Ian und Marita sehen mich erwartungsvoll an. Ich denke, ich bin einfach durcheinander, denn laut der Dosierung müsste ich einem Welpen fast die gesamte Tablettenpackung, nämlich 40 Tabletten, geben. Ich hatte das Zeug auch schon mal bei Durchfall genommen, da waren es vier bis fünf Tabletten und ich hatte hinterher eine Verstopfung vom Feinsten. Ich bitte Ian und Marita, noch einmal nachzurechnen, aber auch die kommen auf das gleiche Ergebnis. Ich rufe noch einmal in Hochmoor an. Aber die Ärztin bestätigt die hohe Dosis. Das bedeutet, dass wir insgesamt fünf weitere Packungen von dem Medikament benötigen. Irgendwie hört das Chaos nicht auf. Ich rufe Jonas von unterwegs an, während ich gleichzeitig versuche 40 Kohletabletten aufzulösen. Ian sucht im Internet nach weiteren Notdienstapotheken, denn die, in der er die erste Packung gekauft hat, hatte keine mehr. Haben denn gerade alle

Menschen in Gelsenkirchen-Buer Magen- und Darmgrippe? Ich kann es nicht glauben. Wir finden eine Apotheke, die noch genug Vorrat hat und so schickt Ian Jonas, der noch in Sachen Kohle unterwegs ist, dorthin, um die gesamte Dosis zu besorgen. Ich komme mir vor wie ein Dealer für medizinische Kohle. Die in der Apotheke müssen denken, dass wir hier eine riesige Familienfeier hatten, bei der alle Gäste vom Eiersalat Durchfall bekommen haben. Wie auch immer, wir müssen hier ja sicherstellen, dass jeder Welpe auch seine Dosis bekommt und wir nicht versehentlich einem Baby zwei Dosen verabreichen. Das würde wahrscheinlich die ewige Verstopfung bedeuten. Das Zeug löst sich wirklich nur sehr schlecht auf, aber mittlerweile habe ich eine Pampe zusammengerührt, die wir in die Riesenspritze aufziehen. Wir stehen im Esszimmer. Ian hat Anton auf dem Arm, der soll der Erste sein. Ich versuche derweil, ihm das Zeug ins Maul zu spritzen. Es geht nicht. Ich drücke und drücke, aber es kommt nichts raus. Anton zappelt und windet sich. Gibt es noch eine Steigerung von „am verzweifeltsten"? Diese Situation wäre das dann wohl. Schließlich nimmt Marita mir die Spritze aus der Hand. Da muss doch was verstopft sein, sagt sie, hält die Spritzenöffnung nach oben Richtung Zimmerdecke und hantiert mit dem Teil herum. Auf einmal löst sich besagte Verstopfung, und heraus schießt ein Schwall pechschwarzer Flüssigkeit, der kurz darauf unsere weiße Zimmerdecke verziert. Wir schauen uns alle an, Entsetzen oder ich weiß nicht was in den Augen. Ich sage nur, dass ich weiß, dass ich eines Tages sehr über diese Situation lachen werde, aber im Moment kann ich das nicht. Marita tut der Fleck so leid, sie verspricht, ihren Mann zum Streichen der Decke vorbeizuschicken. Ich höre nur mit einem halben Ohr zu. Irgendwie müssen wir immer noch den Welpis die Kohle verabreichen. Mit der

Riesenspritze klappt das gar nicht. Abgesehen davon, dass die Masse nicht gleichmäßig herausgedrückt werden kann, dreht Anton ständig den Kopf weg und wehrt sich gegen das Teil. Ich habe eine Idee. Ich vermische das Zeug mit Joghurt, den die Babys lieben. Aber jeder Welpe muss einzeln den Napf in der Küche leer fressen, damit wir eben die richtige Verteilung sicherstellen. Die Kleinen merken schnell, dass es in der Küche etwas Gutes gibt. Wir haben keine Küchentür, also versuchen wir den Eingang zur Küche mit Stühlen, Wäschekörben und allem möglichen Zeug zu verbarrikadieren, um sie am Eindringen zu hindern. Nachdem Jonas zerknirscht und fertig mit fünf weiteren Paketen Kohle auftaucht, nimmt die „Operation Marlboro" Fahrt auf. Marita steht im Esszimmer und versucht, die Welpen von der Küche fernzuhalten beziehungsweise mir immer einen neuen Welpen anzureichen. Ian und Jonas fertigen die Mischung an und ich füttere die Welpen. Ian hat schlussendlich so protestiert, dass wir die Dosis zunächst auf 20 Tabletten pro Welpe reduziert haben. Wenn ich mir die schwarze Pampe so ansehe, scheint das immer noch genug zu sein. Alle Babys haben jetzt schwarz verschmierte Mäulchen und wir sind gemeinsam so fertig, dass keiner mehr zu einem wirklichen Gespräch fähig ist. Ich wasche die Kohle von der Esszimmerdecke ab. Die schwarzen Streifen kann man bis heute noch sehen, da wir es bis jetzt immer noch nicht geschafft haben, die Decke neu zu streichen. Ansonsten heißt es jetzt abwarten. Ian und ich wechseln uns in der Nacht fast stündlich ab und kontrollieren die Kleinen.

Aber bis auf steinharten Stuhlgang, noch zwei Tage nach der ganzen Aktion, ist den Babys Gott sei Dank nichts passiert. Ein Freund von Jonas schlägt vor den Wurf nicht A-Wurf sondern Marlboro-Wurf zu nennen. Humor ist, wenn man trotzdem lacht. Und natürlich habe ich ein paar Tage später gemeinsam mit Marita Tränen über die Spritzenaktion gelacht.

Versprochen ist versprochen.

A M Y

Mich hat diese Aktion so geschafft, dass ich jeglichen Widerstand aufgabe und Termine mit Interessenten für Amy ausmache, die es schon reichlich gibt. Zunächst kommt ein Ehepaar aus dem Bergischen Land zu uns. Die beiden machen einen sehr sympathischen Eindruck, allerdings stellt sich im Gespräch heraus, dass sie neben zwei Kleinkindern, auch noch als Tagesmutter weitere kleine Kinder betreut. Obwohl sonst wirklich alles stimmt, haben wir kein gutes Gefühl, einen Welpen in so ein Umfeld abzugeben. Zwei eigene kleine Kinder und ein Welpe sind schon eine Herausforderung, aber dann noch Tageskinder im Haus zu haben und allem gerecht zu werden, wie das gehen soll, kann ich mir nicht vorstellen. Es gibt bestimmt Menschen, die das schaffen und vielleicht gehören diese beiden auch dazu, aber wir möchten Amy dorthin nicht abgeben. Unsere Absage tut uns weh und den beiden natürlich auch. Sie bitten uns eindringlich, die Situation noch einmal zu überdenken, aber auch nach Rücksprache mit Züchterfreundin Marion bleiben wir bei unserem Nein.

Es kommt es weiteres Paar. Beide supernett, er ist Personaltrainer und würde Amy auch mit zum Joggen nehmen, wenn sie denn alt genug ist. Es ist Liebe auf den ersten Blick. Eigentlich stimmt alles. Die beiden haben ein Haus, zwei Kinder in einem guten Altersabstand und doch bitte ich die beiden um Bedenkzeit. Ian verdreht die Augen. Ich ahne, was kommt. Wir diskutieren bis zum Abwinken. Er hat ja recht. Die Versorgung meines Vaters, der ja jetzt alleine in der Wohnung lebt, die Pflege und das Kümmern um meine Mutter im Heim, all das ist zum jetzigen Zeitpunkt einfach zu viel. Mein Kopf sieht das ein, aber mein Herz wehrt sich mit aller Kraft gegen die Abgabe des letzten Welpen. Ich unternehme an diesem Wochenende einen Versuch und skype mit Ians Eltern. Die sind auch total hundeverrückt und hatten immer Hunde. Ich erhoffe mir Mitstreiter in meinem einsamen Kreuzzug. Wir skypen und was soll ich sagen, beide sind total begeistert von Amy. Sie ist aber auch so eine goldige Maus. Ich weiß nicht, ob die Kleine merkt, was gerade emotional in mir passiert, aber am Samstagabend kuschelt sie sich an meine Wange, während ich auf der Couch liege und fernsehe. Wir sind ein Herz und eine Seele. Nach dieser Erfahrung und Ians Eltern, die auch auf ihn einreden, dass wir Amy behalten sollen, gibt mir der Göttergatte schließlich seine Einwilligung: Die kleine Maus darf bleiben.

Anstatt eines Glücksgefühls stellt sich bei mir jedoch am nächsten Tag ein ungutes Gefühl in der Magengegend ein. Wie war das mit dem Bauchgefühl, auf das man im Zweifelsfall hören soll? Aber auch hier siegt die Unvernunft und so sorge ich am Montag erneut für eine Enttäuschung, als ich der Familie aus Wuppertal absage. Ich weine sogar am Telefon, weil es mir selber so leid tut, sie zu enttäuschen. Ich fand die beiden wirklich supernett und bin hin- und hergerissen.

In den nächsten beiden Tagen laufe ich total belämmert herum. Ich weiß ganz tief in mir drin, dass jetzt wirklich nicht der richtige Zeitpunkt für einen Welpen ist und dennoch versuche ich, mich mit viel List und Tücke von der Richtigkeit der Aktion zu überzeugen. Wie schön Lilli doch mit den Welpen spielt, ist zum Beispiel eines meiner Hauptargumente im Kampf zwischen Vernunft und Unvernunft. Ian sagt zu all dem nichts mehr. Sehr weise von ihm. Ich würde auch nicht den schwarzen Peter haben wollen, wenn die Ehefrau mit egal welcher Entscheidung sie getroffen hat, am Ende nicht zurechtkommt. Salomonisch hört er sich meine Diskussionen mit mir selbst an und lächelt freundlich. Das passt mir dann auch wieder nicht. Am Ende siegt dann doch die Vernunft. Ich sehe ein, dass mein Bauchgefühl recht hat, wenn es mir sagt, dass wir, und vor allem ich, einem weiteren Hund zum jetzigen Zeitpunkt nicht gerecht werden würden. Ich rufe also das Ehepaar aus Wuppertal an, aber die haben sich zwischenzeitlich schon für einen anderen Welpen entschieden.

Es gab aber noch eine weitere Interessentin aus Dorsten, die mir am Telefon sehr sympathisch war. Der hatte ich bei ihrem Anruf aber gesagt, dass es schon einige Interessenten für Amy gibt und dass ich eigentlich auch nicht ganz sicher bin, ob wir die Kleine nicht behalten wollen. Frau Hillers ist am Telefon wirklich ganz aus dem Häuschen. Nach allem, was ich ihr bei unserem Telefonat mitgeteilt habe, hat sie nicht wirklich damit gerechnet, in die engere Auswahl zu kommen. Heute ist Freitag und wir verabreden uns für Sonntag für ein erstes Kennenlernen.

Als sie am Sonntag dann gemeinsam mit ihrem Mann bei uns auftaucht, ist für uns und sie schnell klar, dass Amy hier ein neues Zuhause finden wird. Frau Hillers und ihr Mann hatten bereits einen Golden Retriever Rüden und sind damit auf jeden Fall hundeerfahren. Sie wohnen schön im Grünen und Frau Hillers ist fast permanent zuhause, sodass Amy kaum alleine sein wird. Die beiden sind, wie sollte es auch anders sein, sehr angetan von Amy und nehmen den Reservierungsvertrag sofort mit. Wer würde sich nicht auf den ersten Blick in die kleine Maus verlieben? Ich biete noch eine Bedenkzeit an, aber die scheint hier überhaupt nicht notwendig zu sein. Wir verabreden zu telefonieren, und Frau

Hillers möchte auf jeden Fall zu den nächsten Welpenbesuchstagen kommen.

Ich habe für den Nachmittag geplant, mit meiner zukünftigen Schwiegertochter und ihrer Mutter am verkaufsoffenen Sonntag nach Brautkleidern zu schauen. Kurz nachdem Ehepaar Hillers gegangen ist, werde ich abgeholt. Auch wenn das Aussuchen des Brautkleids eine schöne Aktion ist, beschleicht mich zwischendurch immer wieder leise Wehmut. Jetzt sind alle Welpen vermittelt. War das weise? Ich denke an Amy und bin traurig und glücklich zugleich. Jetzt hilft nur noch, in die Zukunft zu schauen und sich auf die Hochzeit im nächsten Jahr zu konzentrieren.

WELPENALLTAG

Die Welpen sind mittlerweile komplett auf feste Nahrung umgestiegen. Wir füttern unseren Hunden ein sehr hochwertiges und kalt gepresstes Trockenfutter. Die Krockis davon sind allerdings viel zu groß für die kleinen Mäulchen. Das Futter löst sich zwar gut in Wasser auf, aber es dauert einfach zu lange, eine Mahlzeit so zuzubereiten. Ich will auch nicht, dass die Mischung eine Stunde lang einweicht. Zu groß ist meine Sorge, dass dadurch die Mägen der Welpen Schaden nehmen könnten. Also sind wir nun mehrmals am Tag dazu übergegangen, die Krockis mit einem Hammer in einem Gefrierbeutel zu zerhacken. Das geht natürlich am besten auf der Natursteinmauer auf der Terrasse und da die Welpen mittlerweile tagsüber die komplette Wohnung und die Terrasse in Beschlag genommen haben, kriegen sie schnell heraus, was da vor sich geht. Zunächst fängt einer von uns an, die Krockis kleinzuhauen, was sehr zeitnah von einem Rudel jammernder und an uns hochspringender Welpen begleitet wird. Das so entstandene Mehl löst sich im warmen Wasser schnell auf. Zu Anfang habe ich immer abgekochtes Wasser genommen, aber da die Welpen sich nun auch ständig am Wassernapf bedienen, ist das wohl nicht mehr notwendig. Gleichwohl lege ich großen Wert auf das regelmäßige gründliche Reinigen aller Näpfe. Wir haben für die Welpen einen Welpennapf angeschafft. Das ist ein sehr großer Metallring, aus dem alle gleichzeitig fressen können. Angeblich soll durch diese gemeinsame Mahlzeit verhindert werden, dass die Welpen futterneidisch werden. Ich bin mir da nicht so sicher. Sobald sich ein schöner Brei gebildet hat, stolpern wir mit dem Welpennapf in der Hand über sechs Welpen und Lilli und Loui, die natürlich auch auf eine Portion hoffen, auf die Terrasse (bei gutem Wetter) und positionieren den Napf irgendwie zwischen die Bande. Manchmal komme ich mir dabei vor wie Indiana Jones bei einem seiner wildesten Abenteuer. Fehlt nur noch der Hut auf dem Kopf. Ist der Napf dann endlich sicher am Boden, ist das Ganze ein Bild für die Götter. Alle sechs Babys fressen aus dem Ring und bewegen sich dabei alle fast gleichzeitig Richtung Nebenmann oder -frau. Könnte ja sein, dass es fünf Zentimeter neben mir etwas Besseres zu futtern gibt. So geht die Bande praktisch fressender Weise im Kreis um den Welpennapf herum. Dieses Bild hat bis jetzt bei jedem Betrachter Lachen ausgelöst. Teilweise versuchen die Kleinen, sich auch schon mal in den Napf zu stellen, um dem Nachbarn das Fressen zu erschweren. Dafür sind wir dann aber da, bei uns wird nämlich nicht im Essen gestanden. Damit gespielt vielleicht, aber im Essen stehen, das geht gar nicht.

Wenn dann alle satt und abgefüttert sind, lecken sie sich noch gegenseitig ab oder werden von Lilli erstmal gründlich abgeschleckt. Dann wird noch schnell irgendwo Pippi oder wahlweise Kot abgelassen und meistens kippen die Kleinen anschließend einfach irgendwo aus den Latschen. Wir haben haufenweise Fotos gemacht von Welpen, die an allen möglichen und unmöglichen Ecken eingeschlafen sind. Jetzt im Sommer suchen sie sich auch gerne ein kühles Plätzchen auf der Terrasse, nur um dann, wenn es vielleicht doch etwas zu kalt wird, aufeinander zu klettern, um sich gegenseitig zu wärmen. Ich nenne das dann nur den Welpensalat. Und zum Anbeißen sind die Kleinen ja auch tatsächlich.

Es ist wirklich erstaunlich wie sich unser Zwei-Personen-Zwei-Hunde-Haushalt in der gesamten Welpenzeit ein bisschen wie die Wartehalle des Essener Hauptbahnhofs zur Feierabendzeit anfühlt. So viele Menschen haben uns in so kurzer Zeit noch nie besucht. Ich überlege kurzzeitig, ob ich Eintritt nehmen soll. Ich kann die vielen Menschen ja verstehen. Die Welpen sind einfach so süß. Ich weiß ganz genau, wenn ich von Freunden wüsste, die Welpen im Haus hätten, ich wäre da wahrscheinlich nicht mehr wegzubekommen. Und so geben sich hier Welpenkäufer am Welpenbesuchstag, Freunde, Nachbarn und Verwandte die Klinke in die Hand. Habe ich anfangs noch unter Druck gestanden und versucht, hier alles ordentlich aussehen zu lassen, wird mir das mit wachsendem Alter der Welpen irgendwie immer unwichtiger. Manche stört das, anderen ist das so egal wie mir. Sechs Welpen, zwei ausgewachsene Hunde, eine Mutter, die ihren Schlaganfall langsam überwindet, ein Vater, der seitdem bekocht und versorgt werden möchte, Hühner und ein Garten, dazu dreimal die Woche meine neue Tätigkeit als Lehrkraft, ich denke manchmal, dass ich eigentlich das Bundesverdienstkreuz erhalten müsste. Natürlich ist mir schon klar, dass dafür ein ganz anderes Kaliber an Tätigkeiten erforderlich ist, aber so ganz leise, innerlich, verleihe ich mir schon mal die eine oder andere Auszeichnung. Für die Welpen, die ja jetzt auch ein Alter haben, in dem sie mit möglichst vielen Menschen zusammen sein sollten, ist der Besuch sowieso ideal. Alle müssen sich immer noch die Hände waschen und die Schuhe an der Haustüre ausziehen, aber dann werfen sich manche wortwörtlich in die Welpen hinein. Da wird sich auf den Boden gelegt, damit die Babys über einen klettern können, es gibt Fotos von Welpen, die bei irgendwem auf dem Arm selig schlummern oder auch wild mit jemandem spielen. Ich genieße das in den allermeisten Fällen auch. Die Welpenbesuchstage sind sowieso etwas Besonderes. Ich lege großen Wert darauf, dass Mensch und Hund sich schon im Vorfeld kennenlernen. Dass erleichtert den Babys den Umzug und die Trennung von Mama, Geschwistern und uns später sehr. Einige, besonders die aus der näheren Umgebung, kommen einmal die Woche vorbei. Für mich ist es auch schön, zu sehen, wie sich der jeweilige Welpe und seine neuen Besitzer langsam näher kommen. Zu sehen, wie da langsam eine Beziehung wächst, erleichtert auch mir den Umzug und die Trennung von den Welpen. Zumindest hoffe ich das.

WAS SONST NOCH SO PASSIEREN KANN

Heute ist eine wunderschöner warmer Spätsommertag und es ist Welpenbesuchstag. Gleich werden drei Familien auf einmal kommen. Ich habe festgestellt, dass es zugunsten eines verbesserten Zeitmanagements sinnvoll ist, Termine zu bündeln. So schaufele ich mir ein kleines Zeitfenster frei und die zukünftigen Hundeeltern lernen sich ein bisschen kennen. Viele Fragen, die anfallen, betreffen ja alle und der eine oder andere gute Ratschlag wurde bei solchen Treffen auch schon weitergegeben. Heute hat mich der Ehrgeiz gepackt und ich möchte gerne, dass alles ein bisschen ordentlicher aussieht. Wir haben 16 Uhr für den Besuch vereinbart und ich habe die Welpen kurz in ihr Welpenhäuschen verfrachtet, damit ich in Ruhe im Haus und auf der Terrasse aufräumen kann. Jetzt ist es 14.45 Uhr, ich bin schon mit allem fertig und habe noch ein bisschen Zeit übrig. Mir fällt auf, dass der Eingangsbereich um die Haustür herum auch schon bessere, sprich sauberere Zeiten gesehen hat. Ich entscheide, dort auch noch ein bisschen Unkraut zu ziehen und das Portal einmal gründlich zu fegen. Gesagt, getan. Ich fege und spüre währenddessen auf einmal einen stechenden Schmerz in meinem rechten Fuß. Es fühlt sich fast so an, als hätte ich mich geschnitten. Ich ziehe den Hausschuh aus und in meinem Fuß steckt eine Wespe. Ich schnipse das Biest weg und gehe nach oben ins Badezimmer, um den Fuß zu desinfizieren und zu kühlen. Während ich also im Badezimmer stehe, denke ich darüber nach, dass ich ja eigentlich nicht auf Wespenstiche allergisch reagiere. Und gleichzeitig merke ich, wie mir immer übler wird, ich Herzrasen bekomme und alles nur noch leicht verschwommen sehe. Mir fällt die Erzählung eines Klienten ein, der nach einem Wespenstich auf der Intensivstation wach wurde, weil er so extrem allergisch reagiert hat. Mich packt die Panik. So etwas kenne ich nach einem Stich nicht und ich wurde erst vor zwei Monaten von einer Wespe gestochen. Da hatte ich gar nichts. Kein Vergleich zu dem, was jetzt in mir vorgeht. Ich versuche, so konzentriert wie möglich zu handeln. Treppe nach unten, Haustür öffnen, gut dass die Babys noch im Welpenhäuschen sind, Krankenwagen anrufen, auf den Fußboden legen und Beine hochlegen. Ich bin so durcheinander, dass ich zunächst die 110 anrufe und bei der Polizei lande. Der Polizist ist echt besorgt, aber mir ist mittlerweile so schlecht, dass ich einfach auflege und die 112 wähle. Ich erkläre kurz, was los ist und mir wird mitgeteilt, dass der Notarzt schon unterwegs ist. Mein Herz rast, der Fuß tut höllisch weh, ich kämpfe auf dem Boden liegend gegen die Übelkeit an und hoffe und bete, dass das hier gut ausgehen wird. Zeitgleich mit dem Krankenwagen kommt mein Vater ins Haus und bekommt auch fast einen Anfall. Der Arme hat dieses Jahr schon genug mitgemacht. Er ist völlig aus dem Häuschen und einer der Sanitäter begleitet ihn nach draußen, da er hier für große Unruhe sorgt. Ich möchte ihn so gerne trösten, aber es geht nicht. Ich werde an verschiedene Geräte angeschlossen und an einen Tropf gelegt. Ganz langsam geht es mir ein bisschen besser. Ich muss natürlich mit ins Krankenhaus und würde jetzt ehrlich gesagt auch ungern ohne medizinische Assistenz sein. Es geht mir aber schon wieder so gut, dass die Sanitäter entscheiden, dass ich selber in den Krankenwagen gehen kann. Ich treffe vor der Haustür auf meinen Vater und erkläre ihm, dass jetzt gleich die Welpenbesitzer kommen und er bitte hier die Stellung halten soll. Ich versuche, ihn so gut es geht zu trösten, aber er ist mitgenommen, das merkt man. Zum Glück hilft er mir. Er ist wirklich ein toller Vater. Vom Krankenwagen aus rufe ich übers Handy Ian an, der aber momentan nicht erreichbar ist. Im Krankenhaus werden weitere Untersuchungen gemacht. Mittlerweile ist mein Gesicht auch ein wenig angeschwollen. Der behandelnde Arzt möchte mich gerne bis mindestens morgen zur Beobachtung dabehalten. Ich denke an meine Eltern, die sechs Welpen, Lilli und Loui und entscheide mich, nach Hause zu gehen. Das gefällt dem Doktor gar nicht. Ich weiß nicht, ob er mir Angst machen möchte, auf jeden Fall erzählt er mir Geschichten, dass man auch noch innerhalb von 24 Stunden einen weiteren anaphylaktischen Schock bekommen kann und eigentlich unter Beobachtung bleiben soll. Ich bleibe dabei, dass ich, Schock hin oder her, doch lieber nach Hause möchte. Er seufzt entnervt. Ich soll auf jeden Fall noch etwas hier vor Ort bleiben. Gut, damit kann ich leben. Ian erreiche ich immer noch nicht, also rufe ich Jonas an. Der beste Sohn der Welt ist ebenfalls erschrocken und verspricht, mich abzuholen. Ich lege mich auf der Liege zurück. Hoffentlich läuft zuhause alles gut. Jetzt kann ich eh nichts mehr machen, außer so gut es geht hier in der Notaufnahme zu entspannen. Nach einer halben Stunde taucht Jonas im Zimmer auf. Ich bin so froh, ihn hier zu sehen. Der Arzt lässt mich unterschreiben, dass ich auf eigene Verantwortung das Krankenhaus verlasse. Auch das wird erledigt und ab geht's nach Hause. Zuhause sitzen tatsächlich immer noch die zukünftigen Hundebesitzer mit meinem Vater und den Welpen auf der Terrasse. Ich komme etwas angeschlagen an und werde von besorgten Blicken der Menschen und hungrigen Blicken der Welpen, frei nach dem Motto „Uns ist egal, was hier heute los war, wann gibt's die nächste Mahlzeit?", begrüßt. Ich versuche, alle zu beruhigen und versichere, dass es mir gut geht, obwohl ich innerlich noch nicht so ganz davon überzeugt bin. Damit ist der Welpenbesuchstag für heute auch beendet. Mein Papa ist immer noch fassungslos. Ich umarme ihn und wir entscheiden, heute alle etwas von der Bude zu essen. Mir ist wirklich nicht nach kochen. Ich nehme noch einmal eine Antiallergietablette und fange an, das Welpenfutter vorzubereiten. Mein Fuß ist enorm angeschwollen und anstatt ihn jetzt zu kühlen, stehe ich hier und klopfe Futter mit dem Hammer klein. In diesem Moment frage ich mich, wie bescheuert man eigentlich sein kann und was ich hier eigentlich mache. Später, als Ian endlich auch angekommen ist, liege ich im Wohnzimmer im Sessel, einen Kühlakku auf dem Fuß. Gesättigt durch gutes

Pommesbudenessen, müde durch die Allergietabletten schaue ich die ganze Bande an. Anton springt am Sessel hoch und wedelt mit seinem kleinen Schwänzchen. Adele und Abbey kämpfen miteinander Aaron knabbert an irgendetwas, der Rest der Bande tobt anderswo herum, Lilli liegt zufrieden neben Loui auf der Couch und der Göttergatte muss sich jetzt um alles andere und mich kümmern. Damit ist mein Seelenfrieden auf jeden Fall wiederhergestellt.

SOZIALISATION

Die Babys werden langsam älter und als gute Hundemutti habe ich schon ganz früh mit der Sozialisierung angefangen. Es gab schon, als die Kleinen noch in der Welpenbox wuselten, lange Staubsaugerorgien, besonders um die Welpenbox herum. Auch der Fernseher lief immer wieder und da der Göttergatte bevorzugt irgendwelche Ballerfilme schaut, war das Knalltraining ebenfalls gleich mit dabei. Ansonsten ist es auch möglich, einen Luftballon, zunächst in der oberen Etage weit weg von den Kleinen, zerplatzen lassen. Natürlich ist eine Person zeitgleich bei den Welpen und beobachtet die Reaktion der Kleinen. Wenn alle ruhig bleiben, knallt man dann ein wenig näher an der Welpenbox und gewöhnt die Kleinen so an den Krach. Es gibt fast nichts Schlimmeres als einen Hund, der schon Tage vor Silvester ruhig gestellt werden muss, da er panische Angst vor der Knallerei hat. Außerdem habe ich einen Rollstuhl im Haus, der jetzt, wo die Kleinen überall in der Wohnung herumlaufen, regelmäßig von einem Zimmer ins andere geschoben wird. Ich weiß, dass auf jeden Fall eine Käuferin überlegt, ob sie ihren Welpen zum Therapiehund ausbilden möchte. Da sollten die Hunde schon alles kennen. Den Rollator kennen sie sowieso, da mein Vater an einem solchen läuft. Auf der Terrasse steht sicher befestigt ein Fahrradanhänger, da eine weitere Familie gerne ausgedehnte Radtouren unternimmt und der Hund dann nicht die ganze Zeit mitlaufen kann. Insbesondere im ersten Lebensjahr sind Fahrradtouren oder Joggen für den Hund sowieso tabu. Solange der Hund noch im Wachstum und das Skelett noch nicht vollständig ausgebildet ist, würde man ihm mit solchen Belastungen enorm schaden. Hüft- und Knieschäden könnten nur eine Folge davon sein. Also steht der Anhänger zunächst nur auf der Terrasse und ab und zu schaut ein Welpe neugierig hinein. Was es da wohl Gutes zu entdecken gibt? Später setzen wir abwechselnd einen oder zwei Welpen in den Hänger und einer von uns schiebt das Teil hin und her, während der andere die Kleinen durch die Dachöffnung über die Maßen lobt und Leckerchen nachschiebt. Das klappt besser, als wir es erwartet haben. Kinder jeden Alters werden nun auch ständig von uns eingeladen und geben sich hier praktisch die Klinke in die Hand. Da wuseln Welpen und Kleinkinder miteinander herum oder werden von Kindern im Schulalter bespielt. Die Welpen sind von allem und jedem begeistert. Das begeistert mich wiederum. Es gibt einen Welpentunnel, den die Bande umgehend in Beschlag nimmt. Ansonsten haben wir auch Wasser in der Strandmuschel, aber das stößt auf wenig Gegenliebe. Komisch, da Retriever ja eigentlich Wasserhunde sind, aber erstens ist unsere Lilli als kleiner Hund Wasser gegenüber auch sehr skeptisch gewesen und zweitens muss man ja nicht alles toll finden. Die Babys stehen im Wasser und staksen wie auf Spinnenbeinen wieder heraus. Die Wiese finden sie wiederum außerordentlich interessant, wohingegen es für uns außerordentlich anstrengend ist, die Bande im Blick zu behalten und darauf zu achten, dass keine schädlichen Pflanzen oder Sonstiges verspeist wird. Wir haben schon einiges an Pflanzen entfernt, da wir herausgefunden haben, dass diese giftig sind, aber alles zu entfernen, ging so schnell nicht und so passen wir einfach besonders gut auf. Spätere Würfe werden dann in den Genuss eines Geheges auf der Wiese kommen, aber diese Idee kam erst später bei uns auf. So verbringen wir manche Stunde auf der Wiese hinter einem Welpen herjagend, was sicherlich auch eine gute Übung für Herrchens oder Frauchens Kondition ist.

KLEINE WEHWEHCHEN

Es ist Welpenbesuchstag für Familie Peters. Ich finde es klasse, wie die Familie sich bemüht, schon jetzt in der Welpenzeit eine gute Beziehung zu Abbey aufzubauen. Wenn sie hier sind, beschäftigen sie sich liebevoll mit der Kleinen. Für mich ist das wichtig, denn je besser sich die neuen Hundeeltern und ihre Welpen kennen, desto einfacher wird für sie auch das Einleben in der neuen Familie sein. Mal kommen alle gemeinsam, mal nur Frau Peters mit Tochter, das variiert. Heute sind Herr und Frau Peters da. Die Familie sucht sich eigentlich immer ein ruhiges Eckchen und konzentriert sich voll und ganz auf Abbey. Heute kommen beide nach kurzer Zeit besorgt zu mir in die Küche. Abbey hat eine gerötete, leicht geschwollenen Stelle am Unterbauch. Ich schaue mir das Ganze an und mache mir Vorwürfe, dass mir das nicht schon aufgefallen ist. Ich fühle mich auf einmal wie die Flodderwelpenmama. Ich rufe sofort beim Tierarzt an und bekomme für den nächsten Tag einen Termin. Dieser muss am Nachmittag stattfinden, da ich ihn gemeinsam mit Ian wahrnehmen möchte.

Bis dahin kontrolliere ich im Stundentakt Abbeys Bauch. Die Kleine fängt schon an, vor mir wegzulaufen.

Normalerweise nehme ich für alle kleinen und großen Wehwechen schnell Sterilium als Desinfektionsmittel. Heilt eigentlich alles von Schlangenbissen bis Hühneraugen, aber bei so einem kleinen Welpen bin ich da echt unsicher. Ich versuche, das Ganze sauber zu halten, aber da ist Abbey eher eine Zappelliese und so entscheide ich mich, den Arztbesuch abzuwarten. Endlich ist Ian da, wir schnappen wir uns die Kleine und los geht's. Ich bin besorgt, so ein kleiner ungeimpfter Welpe in einer Tierarztpraxis mit vielen kranken Hunden, Katzen und sonstigem Viehzeug. Ich würde der Kleinen am liebsten einen Mundschutz für Hunde umlegen. Ich entscheide, Abbeys Verweilzeit in der Praxis auf ein Minimum zu reduzieren, das heißt, Ian bleibt mit ihr im Auto, bis wir dran sind und dann rufe ich kurz übers Handy an und gebe Bescheid. Dann geradewegs ins Behandlungszimmer und keinen an den Hund lassen.

Soviel zur Theorie. Abbey direkt ins Behandlungszimmer zu bugsieren, klappt ja noch, aber haben Sie schon einmal versucht, Tierarzthelferinnen davon abzuhalten, einen wirklich niedlichen Retrieverwelpen zu streicheln? Ich komme mir vor wie jemand, der versucht einen Wespenschwarm vom Pflaumenkuchen fernzuhalten. Alle, aber auch wirklich alle Helferinnen kommen abwechselnd ins Zimmer, gehen vor Abbey, die auf meinem Schoß sitzt, auf die Knie und sagen: „Ist die süß, so ein süßer Hund, die hätte ich auch gerne". Endlich kommt die Tierärztin zu mir und unterbricht meine Überlegung, Abbey nach dem Besuch hier, in Sterilium zu baden. Sie wirft einen kurzen Blick auf die Maus, nachdem sie sich vorschriftsmäßig die Hände gewaschen hat. Drückt hier und da ein bisschen und gibt uns eine Salbe mit. Das scheint ein Kratzer zu sein, der sich ein bisschen entzündet hat. Das kann bei kleinen Welpen schon einmal vorkommen, da das

Immunsystem ja noch im Aufbau ist. Sie rät mir, das Ganze gut sauber zu halten und die Creme aufzutragen. Fertig, ich schicke Ian mit Abbey auf dem Arm im Schweinsgalopp zurück ins Auto. Bloß keine unnötige Zeit hier mit einem Welpen mit unfertigem Immunsystem verbringen.

Ich bezahle, packe die Salbe ein und wir fahren zurück nach Hause. Für Abbey war das alles ein bisschen viel. Trotz viel gutem Zureden, Streicheleinheiten und obwohl sie bei mir auf dem Rücksitz auf dem Schoß sitzen darf, weint die Kleine auf dem Rückweg. Das war so gar nicht ihre Vorstellung von einem coolen Nachmittag. Zuhause trage ich die Salbe auf, nur um praktisch sofort festzustellen, dass der ungehemmte Appetit kleiner Welpen auch nicht vor einer Heilsalbe Halt macht. Das führt umgehend zum nächsten Anruf in der Praxis. Wie schädlich ist der Verzehr von Heilsalbe? Mir wird versichert, dass dies nicht schlimm sei, wenn es nicht in rauen Mengen geschieht. Daraufhin beschließe ich, jetzt doch die Wunde mit Sterilium zu säubern und siehe da, nach einem Tag ist alles erledigt und Abbey sieht aus wir immer.

EINE AUTOFAHRT IST LUSTIG, EINE AUTOFAHRT IST SCHÖN ...

Der Auszug der ersten Welpen naht und ich möchte alle auf jeden Fall auch schon vor der Abholung mit dem Autofahren vertraut machen. Ian drückt sich bisher erfolgreich davor, sechs Mal mit mir und jeweils einem Welpen im Auto durch die Gegend zu fahren, also nerve ich Jonas so lange, bis er sich endlich, wenn auch widerwillig, bereiterklärt, die erste Fahrstunde zu übernehmen. Wahrscheinlich wirkt da noch das schlechte Gewissen wegen der Zigaretten nach. Ich bin sehr froh und dankbar, denn zu spät möchte ich nicht mit dem

Fahren anfangen. Jetzt sind die Babys sechs Wochen alt und da macht es schon Sinn, mit der Gewöhnung zu beginnen. So taucht Jonas an einem sonnigen Spätsommertag bei mir auf. Ich habe in weiser Voraussicht die Welpen mittags nicht gefüttert, da ich keine Kotzerei auf den ersten Metern erleben möchte. Es kann aber, wenn alles gut klappt, jede Menge Leckerchen geben. Aaron kommt als erster dran. Er macht das so routiniert, dass man meinen könnte, er wäre im Taxi zur Welt gekommen. Anton findet das Ganze doch etwas merkwürdig. Mama und Geschwister bleiben zuhause, er kommt in eine ihm völlig fremde Umgebung, neue Gerüche und Geräusche sowieso. Er weint ein bisschen, lässt sich aber mit dem Lecken an einem Leckerchen schnell ablenken und freut sich, als er zuhause sein Rudel wieder begrüßen darf. Als die Mädels an der Reihe sind, klappt es eigentlich bei beiden ganz gut. Es gibt schon ein bisschen Gehechel, dem wir aber mit viel frischer Luft entgegenwirken. Amy allerdings ist so aufgeregt, dass sie auf meine Hose pieselt. Jonas ist jetzt doch etwas schadenfroh und wir drehen sehr schnell um, um wieder nach Hause zu fahren. Trotzdem hat auch Amy ihre Sache gut gemacht und bekommt zum Abschluss ihre wohlverdienten Leckerchen. Jetzt sind wir wieder einen großen Schritt weiter und die Fahrerei wird zu gegebener Zeit noch einmal mit Ian wiederholt. Dann werde ich allerdings fahren und Ian kann sich vollpieseln lassen.

DIE LIEBEN ELTERN

Meine Mutter ist jetzt schon längere Zeit im Heim und mein Vater muss zuhause, auch wenn ich für ihn koche und auch sonst versuche, ihn zu unterstützen, alleine zurechtkommen. Meine Mutter hat schon viel für ihn gemacht, der Kaffee am

Morgen war immer fertig, sie hat ihn sogar für ihn umgerührt. Auch die Aufgaben im Haushalt hat sie übernommen. Die beiden haben zwar schon seit einiger Zeit eine Putzhilfe für die schweren Aufgaben, aber das Kochen, Geschirr wegräumen und all die kleinen Aufgaben hat immer noch sie erledigt. Es geht ihr auch schon viel besser, wobei das Heim darauf besteht, dass sie eine beginnende Demenz hat. Sie ist eigentlich noch sehr mobil, dafür dass der Schlaganfall erst einige Wochen her ist. Sie läuft am Rollator und kann auch eigenständig in den Garten des Heimes gehen. Sie geht mehr oder weniger selbstständig zu Toilette und benötigt natürlich Hilfe beim Waschen beziehungsweise Duschen, aber so geht es vielen älteren Menschen auch ohne Schlaganfall. So kommt mein Vater dann auf die glorreiche Idee, dass es ihr eigentlich gut genug geht, um wieder nach Hause zu kommen. Das Heim rät entschieden davon ab. Zu wenig stabil erscheint ihr Zustand insgesamt gesehen und es wäre sicherlich gut, wenn sie noch einige Zeit im Heim bleiben könnte. Sie möchte auch gerne wieder nach Hause. Ich kann beide ja verstehen, aber ich habe auch meine Zweifel, ob das so gut laufen würde, wenn sie wieder zuhause ist. Ich denke, mein Vater hofft wieder auf seinen Rundumservice durch sie und übersieht, dass sie eine wirklich schwere und ernsthafte Erkrankung durchgemacht hat. Natürlich machen ihm auch die horrenden Heimkosten zu schaffen, denn mein Vater und ich haben in den letzten Wochen gelernt, dass für die Heimkosten, die jetzt nach der Kurzzeitpflege anfallen, kein geringerer als er selbst aufkommen muss. Zum jetzigen Zeitpunkt kann ich nicht sagen, ob wir uns auch an den Kosten beteiligen müssen, aber für meinen Vater, der sein ganzes Leben lang hart gearbeitet hat, ist die Tatsache, plötzlich mal eben zwischen 2600 und 2700 Euro im Monat für Mutters Heimplatz bezahlen zu müssen, eine sehr bittere Pille. Auch mir war bis dahin nicht klar, dass am Ende nicht einfach irgendwer die Kosten dafür übernimmt, sondern tatsächlich wir, als Angehörige, gehörig in die Pflicht genommen werden. Es gibt viele Argumente sowie Vor- und Nachteile, aber am Ende ist hier, wie so oft in der Vergangenheit, alles Reden nicht für den Hund, sondern für die Katz. Gesagt, getan. Meine Mutter kommt also wieder nach Hause. Ian und ich beobachten die ganze Aktion mit gemischten Gefühlen und der Hoffnung, dass es klappen könnte sowie Skepsis, ob das wirklich eine gute Idee ist.

Ich schaue Lilli an und frage mich, wie viele Welpen sie in sehr kurzer Zeit bekommen muss, damit wir davon die Heimkosten bezahlen könnten. Es sieht so aus, als ob die Gute meine Gedanken erraten hat. Sie macht sich blitzschnell aus dem Staub und legt sich in eine Ecke ins Wohnzimmer. Ich glaube sie will jetzt erstmal eine Babypause einlegen.

DER COUNTDOWN LÄUFT

Jetzt ist die Bande fast acht Wochen alt und mir wird mit jedem Tag schwerer ums Herz. Ich weiß, dass der Abschied gewissermaßen vor der Tür steht und man soll ja aufhören, wenn es am schönsten ist, aber ich will nicht darüber nachdenken, was dann geschieht. Die Zwerge sind mir so ans Herz gewachsen. Wenn ich sie morgens zusammen mit Lilli aus dem Welpenhäuschen hole und die ganze Bande sich so freut, mich zu sehen oder wenn ich im Haus unterwegs bin und mir immer wieder der eine oder andere Zwerg folgt, in der Erwartung, vielleicht etwas Gutes abzubekommen oder wenn ich am Abend vor dem Fernseher abhänge und eigentlich immer einen der Kleinen auf dem Arm oder Schoß habe, dann kann ich mir nicht vorstellen, dass es ein Leben nach den Welpen gibt. Manchmal, wenn ich von Zuhause weg bin, denke ich an die Kleinen und mir wird richtig warm ums Herz. Jemand hat mir in dieser Zeit gesagt, dass, wenn ich über die Welpen rede, ein seliges Lächeln auf meinem Gesicht erscheint. Recht hat er und Schande über Ian, der eigentlich nur darüber froh ist, dass das ständige Entfernen der Haufen, das Putzen des Welpenhäuschens, das Beaufsichtigen der Welpen im Garten, das Kleinhacken des Futters und so weiter und so weiter dann endlich vorbei ist. Er ist zwar grundehrlich, aber ich kann ihn nicht verstehen. Welpen können süchtig machen. Soviel steht für mich schon mal fest. Jetzt müssen die Kleinen also geimpft und gechippt werden, damit dann die Wurfabnahme durch den Zuchtwart stattfinden kann. Und dann können sie in ihr neues Zuhause umziehen. Schluck, soweit denke ich jetzt noch nicht. Jetzt muss erstmal der Tierarzt kommen und dann sehen wir weiter.

Heute kommt die Tierärztin am Abend nach der Sprechstunde zu uns nach Hause, um die Babys zu chippen und zu impfen. Ich habe vorgestern die vierte Entwurmung durchgeführt und musste schon einmal die Namen und die Fellfarben auf einem Zettel in der Praxis abgeben, da dies in die Impfausweise kommt. Habe ich alles brav erledigt, obwohl ich ja lieber mit der Bande nach Timbuktu geflohen wäre, um sie vor dem Zugriff eventueller Käufer in Sicherheit zu bringen. Jetzt habe ich den Esszimmertisch ganz arztmäßig mit einer weißen Leinentischdecke versehen und warte. Es klingelt und Carola, die Ärztin, eine Bekannte von mir aus früheren Tagen, kommt mit der großen Arzttasche zu uns. Die Welpen freuen sich ja immer darüber, ein neues Gesicht zu entdecken, Loui schaltet seinen Jaulalarm ein und Lilli wuselt ebenso erfreut über den für sie unerwarteten Besuch um uns herum.

Jetzt heißt es, nichts durcheinanderbringen, aber wir haben die Situation zu dritt ganz gut im Griff. Zunächst werden die Welpen genau untersucht. Die Zahnstellung (gibt es Fehlstellungen der Milchzähne?), der Schwanz (gibt es vielleicht eine Knickrute?), das Zahnfleisch, die Ohren (könnten da schon Ohrmilben sein?; das wäre allerdings eine fünf minus wegen schlechter Pflege), bei den Jungs die Hoden (sind beide Hoden angelegt?; nur einer wäre zwar kein Weltuntergang, aber auf jeden Fall nicht normal) und zum Schluss werden noch Herz und Lunge abgehört. Die ganze Bande wird also gewissermaßen auf Herz und Nieren geprüft. Es ist Gott sei Dank alles in Ordnung und so wird ein Welpe nach dem anderen zunächst gechippt und anschließend geimpft. Fürs Chippen werden mit einer Einmalspritze winzig kleine Mikrochips am Nacken des Welpen unter die Haut gespritzt. Nicht die tollste Aktion für einen Babyhund, aber damit kann man den Hund auf jeden Fall später identifizieren. Vor dem Mikrochipzeitalter bekamen die Hunde früher eine Nummer ins Ohr tätowiert, das war auf jeden Fall auch nicht angenehm. Dann wird mit dem Chiplesegerät noch einmal überprüft, ob der Chip richtig sitzt, bevor die Chipnummer anschließend in den Impfausweis eingetragen wird. Ganz schön viel Arbeit für einen kleinen Welpen. Lilli schaut uns aufgeregt zu. Manche Babys machen ganz schönen Radau bei der Aktion und das bringt ihr Mutterherz in Wallung. Ich versichere ihr zwischendurch immer wieder, dass hier alles mit rechten Dingen zugeht. Und Lilli tröstet die Babys mit einer gehörigen Portion guter Muttermilch. Immer lässt sie die Kleinen jetzt nicht mehr an sich heran, aber als hätte sie gewusst, dass jetzt ein Trösterchen nötig ist, dürfen die Babys bei ihr nuckeln.

Nach kurzer Zeit ist dann aber auch wieder Schluss mit lustig. Die Milchzähne der Kleinen sind einfach zu spitz und teilweise hängen sich die Welpen richtig an die Zitzen. Ich kann das fast gar nicht mitansehen, aber Lilli muss hier die Führung übernehmen und das tut sie dann auch. Sie geht weiter und die Welpen können ihr natürlich nicht folgen und gleichzeitig saugen. Für Lilli denke ich, wäre es gut, wenn hier mal wieder Ruhe einkehren würde, obwohl sie, wie ja schon an anderer Stelle erwähnt, jeden Morgen vor der Terrassentür Zirkus macht und mich sofort zum Welpenhäuschen begleitet, um die Bande in Empfang zu nehmen. Da siegt dann doch der Mutterinstinkt über jeden Schmerz und jedes Genervtsein.

Endlich sind alle Welpen fertig und wir können uns in Ruhe in den Freitagabend und das Wochenende begeben. Am Montag steht dann die Wurfabnahme an und am nächsten Wochenende werden dann die ersten Babys das Haus verlassen.

Lilli, reich mir die Taschentücher.

DAS LETZTE FAMILIENWOCHENENDE

Es steht das letzte Wochenende mit der Bande an und wir haben hier für den Sonntag eine Riesenaktion geplant. Da die Welpen jetzt alle geimpft sind, habe ich dem Deckrüdenbesitzer erlaubt, mit seinem Rüden zu uns zu kommen. Er möchte schon seit Wochen Fotos von der ganzen Familie machen und war teilweise schon richtig sauer, dass ich so etwas erst zulassen wollte, wenn die Babys ihre erste Impfung haben. Obwohl das eigentlich auch Unsinn ist, denn in zwei Tagen baut sich kein Impfschutz auf. Aber da wir ja wissen, woher Galdino kommt und dass er regelmäßig gewartet wird, drücke ich hier mal alle Augen zu. Ab dem frühen Sonntagnachmittag ist unsere Bude dann auch gerammelt voll. Es erscheinen Jürgen mit Galdino, alle Welpenkäufer, denn alle sind auch auf den Papa der Bande neugierig, und mit uns zusammen ist da eigentlich kein Platz mehr für ein Blatt Papier. Es gibt reichlich Kaffee und Kuchen, den ich aus Zeitmangel gekauft habe, und endlos viele Hundeleckerchen. Es ist ein Gewusel an allen Ecken und Enden und doch ist die Atmosphäre wirklich schön. Retrieverliebhaber sind einfach nur tolle und freundliche Menschen. Es entstehen Gespräche hier und da und natürlich werden viele Fotos gemacht. Die Welpen wuseln in dem ganzen Getümmel herum und finden alles nur zum Schwanzwedeln. Lilli genießt die Aufmerksamkeit, die sie hier immer wieder von allen Seiten bekommt. Und Galdino ist der Frucht seiner Lenden gegenüber eigentlich eher gleichgültig. Er läuft im Garten herum, erlaubt den Welpen auch mal, ein bisschen mit ihm zu spielen und genießt natürlich auch die Aufmerksamkeit, die ihm zuteil wird. Der einzige Hund, der sich heute am Rande des Nervenzusammenbruchs befindet, ist unser kleiner Loui. Der hatte schon immer etwas gegen Fremde im Haus und die Welpen haben ihm in den vergangenen Wochen sowieso den letzten Nerv geraubt. Also darf der nach oben ins Schlafzimmer, von wo aus er bei jedem neuen Türklingeln furchtbaren Radau macht, aber da oben fühlt er sich auch sicher. Später sitzen alle im Wohnzimmer zusammen. Auf der Couch, dem Fußboden, mit Welpen auf dem Schoß und zwischen den Füßen. Es ist schon ein bisschen herbstlich geworden und ich schaue mir die ganze Runde an und werde sehr wehmütig. Ich weiß ganz tief in mir drin, dass jeder Hund ein wirklich gutes Zuhause finden wird, aber es tut trotzdem weh. In gemütlicher Runde werden Ratschläge und Tipps ausgetauscht sowie Fragen von Jürgen oder uns beantwortet und am Ende haben wir, so hoffe ich im Nachhinein, alle den Nachmittag genossen. Die Babys sind anschließend doch ziemlich müde. Man merkt, dass der ganze Trubel sie erschöpft hat. Es ist wie mit kleinen Kindern, die sind nach viel Radau auch eher müde. Wir füttern die Kleinen und hängen anschließend alle gemeinsam vor dem Fernseher ab.

Ich schaue mir die Bande an und nehme mir immer wieder den einen oder anderen Welpen zum Kuscheln auf den Schoß. Es ist schon erstaunlich, wie viel Unterschiedlichkeit sich dabei im Charakter zeigt. Der eine möchte Nähe und kuschelt gerne auf dem Schoß weiter, der andere Welpe wird nochmal wach und möchte ein bisschen spielen und wieder andere wollen einfach in Ruhe gelassen werden und verziehen sich, nach kurzer Streicheleinheit, in eine ruhige Ecke, um dort zu schlafen.

Wenn ich jetzt die Bande so ansehe, dann war Aaron (oder Anton, wie er heute heißt) eigentlich immer einer der ausgeglichenen Welpen, er konnte auf jedem Arm kuscheln und einschlafen. Adele (oder Lucy, wie sie heute heißt) war ein kleiner Haudegen, immer dabei, mit ihren Geschwistern zu toben und Unsinn anzustellen. Anton (oder Odin, wie er heute heißt) war unser Sensibelchen, allerdings nur zu Beginn, später war er einer der ersten, der alle Absperrungen an der Terrasse überwunden und seinen Geschwistern gezeigt hat, wie man ohne Erlaubnis von irgendeinem Menschen in den hinteren Teil des Garten kommt. Abbey, die Erstgeborene, war unser Sonnenschein. Sie hat gerne mit den anderen Welpen getobt und sich immer gefreut, wenn sie uns gesehen hat. Amy war ja mein Herzenshund, den ich gerne behalten hätte und wir haben so manche Kuschelstunde miteinander auf der

Couch verbracht. Alissia (oder Lissi, wie sie heute heißt) war einer der ersten Welpen, der sehr bewusst meine Nähe gesucht und mit mir gekuschelt hat. Eigentlich ist jeder der Welpen etwas Besonderes und wunderschön sind sowieso alle.

REIFEPRÜFUNG

Heute ist ein großer Tag für unsere kleine Hundegang. Gewissermaßen die Abiturprüfung für den geneigten Züchter. Heute wird eine Dame von unserem Zuchtverband zu uns nach Hause kommen und die Welpen sowie unser Zuhause abnehmen. In Züchterkreisen ist dies auch als Wurfabnahme bekannt und ich erwarte sie mit Spannung. Welpenhäuschen, Wohnung und Hunde sind auf Hochglanz poliert, damit hier nichts schief geht. Die erfolgreiche Wurfabnahme garantiert zum einen, dass sich der Zuchtverband vom ordnungsgemäßen Zustand der Zuchtanlage, sprich unserem Zuhause, überzeugen kann und zum anderen, dass sich ein Experte die Welpen noch einmal genau anschaut und untersucht. Auch wenn das bereits von der Tierärztin erledigt wurde, wird jetzt noch einmal von anderer Stelle geprüft. Und ohne erfolgreich bestandene Abnahme gibt es keine Papiere für die Welpen. Ist also fast wie beim TÜV. Erst die Untersuchung, dann die Papiere und der Stempel. An dieser Stelle kann man, finde ich, schon einen Unterschied zwischen einer seriösen Zuchtstelle und einem Wald- und Wiesenzüchter entdecken. Der braucht nämlich keine Papiere. Der braucht nur einen geilen Rüden und eine heiße Hündin. Wo und wie die Welpen dann aufwachsen, überprüft da keiner. So war es ja auch mit unserem Loui. Irgendwo in Osteuropa geboren, viel zu früh von der Mama getrennt und todkrank zu einem Hundehändler gebracht. Ich kann mich gar nicht genug über so eine Art von Hundezucht aufregen. Themenwechsel, zurück zur Abnahme. Die Dame erscheint pünktlich um 11 Uhr und ich habe wieder eine weiße Tischdecke auf den Esszimmertisch gelegt. Alle Impfausweise liegen an Ort und Stelle und so geht die Abnahme los. Zunächst werden alle Räume im Erdgeschoss inspiziert. Dann das Welpenhäuschen. Es wird gefragt, welches Futter ich denn füttere und ob es irgendwelche Auffälligkeiten bei den Welpis gibt. Die Näpfe und die Wurfbox werden auch genau angesehen. Wir fachsimpeln ein bisschen. Sie züchtet kleinere Hunde und so kommen wir schnell ins Gespräch. Lilli und ihre Brut wuseln derweil um uns herum und freuen sich wie immer über Besuch. Auch das wird vermerkt. Die Welpen werden nicht nur körperlich auf eine Knickrute, die Zahnstellung und vorhandene Hoden auf beiden Seiten untersucht, sondern es wird auch geguckt, wie sich die Kleinen im Umgang mit Fremden und im Sozialverhalten geben. Total verängstigte Welpen, die apathisch in der Ecke liegen, würden einer erfolgreichen Wurfabnahme wohl eher im Weg stehen. Auch Ungeziefer im Welpenhäuschen oder auf den Welpen, unhygienische Zustände und andere Widerlichkeiten würden hier auffallen. Aber dergleichen ist bei uns nicht der Fall. Wir bestehen und bekommen das Prädikat „Sehr empfehlenswerte Zuchtstätte" verliehen, was ja wohl mindestens einer eins im Abitur gleichkommt. So, jetzt ist endlich alles erledigt, bis auf meine schwerste Reifeprüfung – das Abschiednehmen von den Babys.

DENN ERSTENS KOMMT ES ANDERS ...

Ein wunderschönes, teilweise sonniges und gleichzeitig herbstliches Wochenende und die Wurfabnahme heute morgen liegen hinter uns. Ich freue mich auf eine Woche, die ich gemeinsam mit den Welpen einfach nur genießen möchte. Aber wie sagt man so schön, auf Sonne folgt bekanntlich Regen. Mein Vater hatte sich ja vor ein paar Tagen entschieden, meine Mutter gegen jeden Rat nach Hause zu holen. Ich habe natürlich teilweise für die beiden mitgekocht, den Pflegedienst organisiert und versucht, ein Auge auf die beiden zu halten, aber perfekt ist mir das nicht gelungen. Ich habe schon am Wochenende festgestellt, dass es meiner Mama nicht so gut geht. Aber beide wollten weder einen Notarzt noch den Krankenwagen im Haus haben. Heute ist Dienstag und es geht ihr so schlecht, dass sie mit dem Rettungswagen aus der Wohnung abgeholt und direkt ins Krankenhaus gebracht wird. Das kenne ich ja schon. Wie oft ich einen von den beiden in diesem Jahr ins Krankenhaus gebracht habe, ist auf die letzten Jahre gesehen der absolute Rekord. Meine Hoffnung, dass meine Mutter hier schnell wieder auf die Beine gebracht wird, schwindet ebenfalls im Rekordtempo, als mich der behandelnde Oberarzt am Mittwoch an die Seite nimmt und nach einer Patientenverfügung fragt. Ebenso möchte er wissen, wie lange meine Mutter wiederbelebt werden soll, falls es zum Herzstillstand kommt. Ich würde mich am liebsten mit den Welpen in eine Ecke verkrümeln und dort sehr lange vor mich hin weinen. Meine Mutter ist nur noch ein Schatten ihrer selbst. Sie kann kaum selbstständig essen und darf auch nicht trinken, da die Gefahr des Verschluckens und damit einer Lungenentzündung besteht. Sie redet fast gar nicht und wir sind abwechselnd bei ihr im Krankenhaus. Mein Vater, mein

Sohn und wir wechseln uns mit Besuchen bei ihr ab. Ich frage meine Mutter, ob sie wiederbelebt werden möchte. Sie nickt ganz schwach und ich entscheide mit der Familie, dass sie mindestens eine Viertelstunde lang wiederbelebt werden soll. Mein Herz ist schwer in diesen Tagen. Am Samstag gehen die ersten drei Hunde aus dem Haus und ich will meine Mutter nicht auch noch gehen lassen. Sie darf an einem feuchten Wattestäbchen mit Zitronengeschmack lutschen. Ich weiß nicht, wie viele von diesen Dingern ich ihr in diesen Tagen in den Mund schiebe. Ich werde langsam ein Weltmeister im Verdrängen. Eigentlich haben wir ab dem vierten Oktober ein Ferienhaus in Holland gebucht, eigentlich wollte ich jetzt ganz viel Zeit mit den Welpis verbringen, eigentlich muss ich auch noch arbeiten und mich um meinen Papa kümmern. Im Nachhinein kann ich gar nicht mehr sagen, wie ich diese Zeit überstanden habe. Viele Menschen beten für uns in dieser Zeit. Ich kann jedes einzelne Gebet gut gebrauchen. Es ist für uns und auch für die Ärzte wirklich ein Wunder, als es meiner Mutter ab Freitag langsam wieder etwas besser geht. Sie darf wieder alleine essen und trinken, allerdings nur weiche Speisen und nicht zu viel trinken, aber ich bin über diesen kleinen Fortschritt überglücklich. Sie hat auch wieder ein bisschen mehr Kraft, um zu reden. Uns allen fällt ein Riesenstein vom Herzen, der sich Freitagabend allerdings wieder dort lagert, denn mir geht auf, dass es jetzt wirklich ans Abschiednehmen geht.

ORGANISATION MUSS SEIN!

Es ist Freitagabend und ich weiß, dass morgen drei der Kleinen gehen werden. Vor allem der Gedanke, Amy gehen zu lassen, macht mir zu schaffen. Ich habe die Kleine echt ins Herz geschlossen, aber der Stress der letzten Wochen mit meiner Mutter hat auch mir ganz klar gemacht, dass der Zeitpunkt für einen dritten Hund jetzt nicht so ganz der richtige wäre. Der Gatte sitzt mit den sechs Welpis, die selig vor sich hin schlummern vor dem Fernseher und guckt sich irgendeinen Science-Fiktion/Ballerfilm an. Für mich ist es ein Rätsel, wie man a) solche Filme überhaupt schauen kann und b) wie die Welpen trotz des Lärms so ruhig schlafen können. So gerne wie ich mir alle immer wieder nacheinander auf meinen Arm holen und kuscheln möchte, so sehr denke ich auch, dass sie ihre Ruhe haben sollen, denn morgen ist für die ersten drei Welpen ein anstrengender Tag. So sitze ich dann vor dem PC und entwerfe ein Abgabeprotokoll. Amys neues Frauchen hat mir nebenbei mitgeteilt, dass Amy zunächst alleine im Erdgeschoss des Hauses bleiben soll. Der Gedanke, dass mein Mäuschen mutterseelenallein im Haus bleiben soll, bricht mir fast das Herz. Also beginne ich, ein regelrechtes Pamphlet zu entwerfen, in dem ich alle schrecklichen Szenarien ausmale, die einem Welpen nachts alleine im Haus passieren können. Sollte das nicht fruchten, werde ich die Familie einfach bitten, die Kleine nicht alleine zu lassen. Ich schreibe über den Stress der Trennung von Mama und Geschwistern, darüber, wie schrecklich einsam sich ein Welpe damit fühlt und als ich erst einmal in Fahrt bin, weise ich darauf hin, was man im ersten Jahr so alles besser nicht macht. Den Welpen neben dem Fahrrad laufen lassen oder mit dem Hund zu joggen ist im ersten Lebensjahr auf jeden Fall verboten. Treppensteigen so lange wie möglich vermeiden. Ich erinnere an die nächste Impfung, schreibe nochmal auf, wann und mit welchem Medikament die Welpen entwurmt wurden und was man bei der Fütterung beachten sollte. Am Ende bin ich richtig stolz auf mein Werk und nenne es den Welpenbrief. Als unser Sohn gerade geboren war, gab es „Peter Pelikan Briefe", in denen immer Ratschläge passend zum Alter des Babys gegeben wurden. Ich fühle mich ein bisschen so, als hätte ich den Peter Pelikan Brief für Welpen ins Leben gerufen.

Jetzt heißt es, die Babys wecken, sie rüber in ihr Welpenhäuschen und uns ins Bett zu bringen. Als alle Lichter gelöscht sind, bleiben nur noch mein Kloß im Hals und ich wach. Ich hab richtig Sorge, wie ich den morgigen Tag überstehen soll.

Lilli, steh mir bei!

TIME TO SAY GOODBYE

Der von mir lange gefürchtete und vom Göttergatten mittlerweile heiß ersehnte Abschiedstag ist doch gekommen. Mein Wunsch, die Welt würde stillstehen, wurde also nicht erhört, dafür aber Ians Bitte, nun drei oder optional auch mehr Häufchen pro Tag weniger entfernen zu müssen. Wobei sich das Entfernen einfacher als gedacht anhört. Nicht immer legen die Welpen ihr Geschäftchen (das „chen" wird hier allerdings seiner Bedeutung nicht mehr gerecht, das sind schon ordentliche Haufen, die da abgelegt werden) für alle gut sicht- und findbar ab, bisweilen macht uns ein sehr strenger Geruch darauf aufmerksam, dass hier in der unteren Etage irgendwo strategisch ein bisschen Hundekot platziert wurde. Dann geht, fast wie zu Ostern, die Suche los. Wir haben die Geschäfte der Welpen schon an den unmöglichsten Stellen gefunden. Dies wirft die Frage auf, mal rein anatomisch gesehen, wie die Babys es geschafft haben, zum Beispiel unter die Anrichte im Esszimmer zu kacken? Wahrscheinlich wird der Haufen einfach irgendwohin gemacht, dann spielen die Kleinen Fußball damit und schießen selbigen Haufen unter irgendwelche Möbelstücke. Wie auch immer, ich kann dieses Geheimnis leider nicht lüften und ab heute werden drei Welpen weniger für Geruchsverschmutzung in unserem Haus sorgen. Ian tanzt fast vor Freude bei dem Gedanken daran.

Mir ist ob all der Umstände der letzten Woche plus der Tatsache, dass Lissi, Odin und Amy heute gehen, alles andere als zum Feiern zumute. Es ist noch früh am Morgen, ich habe die neuen Welpeneltern ab 10.30 Uhr im Abstand von ungefähr einer Stunde eingeplant. Nicht auszudenken, wenn hier alle drei Welpen auf einmal verabschiedet werden müssten und das Chaos ausbricht. Ich möchte Zeit für jedes neue Herrchen und Frauchen haben, um auf Fragen noch einmal gezielt einzugehen und natürlich um mich mit ganz viel Ruhe von jedem Welpen zu verabschieden.

Jetzt sind die Kleinen wach und ich schnappe mir zunächst jedes der drei Babys, um noch einmal in Ruhe zu kuscheln und ohne neue Besitzer Abschied zu nehmen. Die Impfausweise und Welpenbriefe liegen für jeden Hund bereit, ebenso ein Erstlingspaket der Firma Schecker und ein Fünf-Kilo-Futterpaket, mit dem bisher von uns gefütterten Futter. Mir ist wichtig, dass die Welpen noch für die ersten zehn Tage in der neuen Umgebung ihr gewohntes Futter erhalten. Die Trennung von der Mama, den Geschwistern und uns plus die Eingewöhnung in die neue Umgebung sind schon hart genug. Da sollte wenigstens eine Konstante erhalten bleiben. Wir füttern ein sehr hochwertiges und damit auch teures Trockenfutter und um sicherzustellen, dass hier nicht an der falschen Stelle gespart wird, bekommen eben alle Welpen ein großes Futterpaket mit genauer Futteranweisung mit auf den Weg.

Ich muss zurückdenken an unsere erste Retriever-Dame Sophie. Sie war so ein Schatz und wir hatten von Welpen überhaupt gar keine Ahnung. Wir haben sie verwurmt und verfloht bei einem Bauern in Norddeutschland abgeholt. Da gab es außer dem Impfausweis sonst nichts mit auf den Weg. Wir kamen wie die Jungfrau nicht zum Kind, sondern zum Hund und alles war Neuland. So soll es unseren frischgebackenen Hundeeltern auf gar keinen Fall ergehen. Im Welpenbrief habe ich extra noch einmal alle unsere Telefonnummern aufgeschrieben und ausdrücklich darauf hingewiesen, dass man mich sehr gerne bei Fragen aller Art kontaktieren kann.

So sitze ich also im Wohnzimmer und Ian versucht, Bilder von mir und jedem der drei Welpen zu machen. „Versucht" deshalb, weil bei mir, sobald ich einen Hund auf dem Arm habe, die Tränen fließen. Ian ist schon etwas entnervt und instruiert mich, auf keinen Fall so loszuheulen, wenn die zukünftigen Besitzer kommen. Leichter gesagt als getan und so gibt es nur Bilder von einem verheulten Ex-Frauchen und den Welpen.

Als erste wird unsere Lissi alias Alissia abgeholt. Ein kleiner Wildfang, aber immer zum Schmusen bereit und insgesamt eher unauffällig. Sie ist ein Sonnenschein und die neuen Besitzer machen es genau richtig. Illona, die neue Hundemama sagt nur: „Wir machen es so schnell wie möglich, damit Du weniger leidest". Ich erkläre den Welpenbrief und lasse mir den Erhalt auch unterschreiben. Ian gibt den Futterbeutel und das Welpenpaket von Schecker raus und macht noch ein Abschiedsfoto von Lissi und ihrer neuen Familie. Beim Foto machen, komme ich ein wenig zur Ruhe und sofort fließen die Tränen bei mir. Ilona und ihre Tochter machen es daher kurz und schmerzlos, nehmen Lissi unter den Arm und weg sind sie. Ich schließe die Tür und heule. Lilli läuft etwas nervös um mich herum. Sie kann mich nicht weinen sehen und der Göttergatte guckt mich etwas genervt an. Bevor hier jetzt ein Streit vom Zaun bricht, befasse ich mich lieber mit der Nummer zwei auf der Liste: Odin ehemals Anton. Er ist ein richtiger Lausbub und immer für einen Spaß zu haben. Hat als erster entdeckt, wie man von der Terrasse in den Garten kommen kann und seine Geschwister zur Flucht animiert. Auch jetzt würde er lieber Action machen, anstatt sich von mir, der Heulsuse, auf den Arm nehmen zu lassen. Die Welt ist viel zu interessant für einen kleinen Rüden. Ian schießt Bilder vom quirligen Odin und mir und ich versuche mit aller Kraft, nicht zu heulen, was mir fast gelingt. Als Frau Wertmann mit ihrem Lebensgefährten hier auftaucht, bin ich erst sehr gefasst. Ich erläutere den Welpenbrief, das Futter wird ausgehändigt und wir beantworten noch die eine oder andere Frage. Ich habe sowohl bei Lissi als auch jetzt bei Odin ungefähr 200000 Mal gesagt, dass ich mich über eine Nachricht darüber, wie es den Kleinen geht, sehr freuen würde und dass man mich bei Unsicherheiten mit dem Welpen natürlich zu jeder Tages- und Nachtzeit bei anrufen kann. Beim Abschiedsfoto fließen natürlich wieder die Tränchen und ich fühle mich jetzt schon total ausgelaugt. Jetzt kommt Amy an die Reihe. Ich heule und heule. Ian bitte mich um Contenance, wir wollen schließlich professionell rüberkommen. Mir ist es sowas von egal, wie ich rüberkomme. Ich halte Amy auf dem Arm und erzähle ihr, was für eine tolle Hündin sie ist und wie sehr ich sie vermissen werde. Die Kleine guckt mich an, als würde sie jedes Wort verstehen. Ich erzähle ihr, dass ihre neuen Hundeeltern bestimmt auch sehr nett sein werden und dass sie schön artig sein soll. Meine größte Sorge ist immer noch, Frau W. zu erklären, dass sie Amy bitte bitte nicht in der Nacht alleine lassen soll. Ich habe doch nach dem Schließen der Haustür hinter dem neuen Besitzer praktisch keinen

Einfluss mehr auf die Babys. Ob jemand total grob mit den Kleinen ist oder nicht, kann ich von hier nicht sehen. Ich muss mich einfach auf unser Bauchgefühl bei der Auswahl der neuen Besitzer verlassen und hoffen, dass es uns nicht getäuscht hat und wir wirklich Superhundeeltern für die Bande gefunden haben.

Als Amys neue Besitzer an der Tür klingeln, zischt Ian mir noch zu, jetzt bitte nicht schon wieder zu heulen. Ich öffne die Tür und sage den beiden, dass ich versuchen werde, nicht zu weinen und schon fließen die Tränen erneut. Frau Hillers ist so bewegt über diese Abschiedsszene, sie fast mitweint. Die Männer gucken sich irgendwie etwas hilflos an. Na ja, die sind auch vom Mars und nicht wie wir von der Venus. Wir beruhigen uns etwas und ich erkläre, same procedure as last time, alles. Bevor ich etwas wegen der Nächte sagen kann, erklärt mir Frau Hillers, dass sie entschlossen hat, Amy nachts nicht alleine zu lassen, sondern die Kleine nach oben mit ins Schlafzimmer zu nehmen. Ich bin so erleichtert, dass schon wieder die Tränen fließen. Vorsichtshalber male ich auch noch einmal das Schreckensszenario eines kleinen niedlichen Welpen nachts ganz alleine aus, aber nötig ist das nicht mehr. Mir fällt ein Stein vom Herzen und diese Tatsache macht auch den Abschied etwas erträglicher. Auch hier gebe ich das Versprechen, dass sie sich jederzeit melden können und ich habe sowieso vereinbart, am nächsten Tag alle einmal anzurufen, um nachzufragen, wie der Wechsel so funktioniert hat.

Familie Hillers verlässt mit meiner Amy das Haus und ich heule wie ein Schlosshund. Ian nimmt mich jetzt doch in den Arm und versucht mich zu trösten. Wie gut, dass jetzt noch drei Abbey, Aaron und Adele da sind, die neben Lilli und Loui hier herumwuseln und meine Aufmerksamkeit fordern. Ich verbringe den Rest des Nachmittags wie im Trance, bis die ersten WhatsApp-Nachrichten eintrudeln. Bilder von allen drei Welpen und ein paar kurze Information finden den Weg auf mein Handy und es scheint allen ganz gut zu gehen. Das erste Futter wurde gefressen, die ersten Häufchen wurden gemacht und alles in allem scheinen die Babys ganz gut anzukommen. Das tröstet mich sehr und so gehen mir der Besuch bei meiner Mutter, die Essensversorgung meines Vaters und die sonstige Brutpflege der Welpen schon viel leichter von der Hand.

Es ist Sonntag und ich wundere mich ganz ehrlich ein bisschen darüber, dass sich Aarons zukünftige Besitzer noch nicht gemeldet haben. Ich bin unsicher, ob wir uns vielleicht missverstanden haben könnten und eigentlich auch ein bisschen ungehalten über die Tatsache, dass die Familie bisher so wenig Interesse an ihrem zukünftigen Nachwuchs gezeigt hat. Dabei vergesse ich natürlich, dass wir bei dem Erwerb von Lilli eigentlich ähnlich gehandelt haben. Wir haben sie uns ausgesucht und dann erst beim Abholen wiedergesehen. Allerdings haben wir schon ein oder zweimal mit der Züchterin telefoniert und auch Fotos per E-Mail erhalten. „Ein bisschen ungehalten" bedeutet hier, dass ich bei Ian schimpfe wie ein Rohrspatz und in Gedanken schon plane, Aaron zu behalten. Auch das ist keine meiner cleversten Ideen, da eine Hündin, die regelmäßig alle sechs bis neun Monate läufig wird und ein Rüde, mit seiner unweigerlich erwachenden Manneskraft, wahrscheinlich keine gute Mischung sind. Außer man möchte drei Wochen lang Deckpolizei spielen und zu jeder Tages- und Nachtzeit bereit sein, sich auf den Rüden zu stürzen, um ihn von der Hündin wegzuziehen. Es gibt tatsächlich Züchter, die so etwas machen. Die haben einen Deckrüden mit Hündinnen im gleichen Haushalt. Mir ist schleierhaft, wie das funktionieren kann. Wahrscheinlich nur mit Keuschheitsgürteln, die von beiden getragen werden.

Jetzt konzentriere ich mich erstmal auf wesentlich wichtigere Dinge, wie zum Beispiel das Anrufen der neuen Besitzer. Ich warte von neun Uhr bis zehn Uhr und entscheide um halb elf, dass es jetzt allerhöchste Zeit ist, mich mal zu melden. Vielleicht hat ja der eine oder andere sehr dringende Fragen und traut sich nur nicht, mich so früh am Sonntag anzurufen. Da ich mit drei Welpen sowieso nicht ausschlafen kann, denke ich mir, dass es den neuen Hundemamas und - papas wohl genauso geht.

Aber ich höre von allen Familien nur wie lieb, süß, toll und super die neuen Familienmitglieder sind. Amy hat oben im Schlafzimmer neben dem Bett geschlafen und musste einmal in der Nacht raus. Lissi hat gut gefressen, scheint das neue Zuhause zu genießen und Odin ist alles in allem auch sehr gut angekommen, schläft viel und hat auch das Schlafzimmer mit seinem neuem Herrchen und Frauchen geteilt. Ich bin enttäuscht. Keine Familie, die dringend um meine Anwesenheit bittet, um ein großes Welpenproblem zu lösen. Ich kann also keinen der Welpen besuchen und muss mich mit meinen drei Welpen hier im Haus begnügen. Also verbringen wir einen Sonntag in gemütlicher Eintracht miteinander und so ganz langsam gewöhne ich mich an die Abwesenheit von drei Welpen. Der Göttergatte macht ein kleines Fass auf und feiert drei Pupsmaschinen weniger. Auch eine Art, den Abschied zu verarbeiten.

HAPPY BIRTHDAY TO ME

Heute ist mein Geburtstag. Um genau zu sein ein runder Geburtstag und um noch genauer zu sein mein fünfzigster Geburtstag. Das ist doch was. Mit fünfzig habe ich endlich meinen ersten Wurf, also nicht ich, sondern meine Hündin, zur Welt gebracht. Die netteste Schwiegertochter der Welt (sie liebt Golden Retriever nicht nur, sondern hat sogar einen) ist im Anmarsch zur Hochzeit und wir sind alle Welpen losgeworden. Wenn dieser Text jetzt ein Luftballon wäre, würde an dieser Stelle die Luft rasant entweichen. Über den Auszug aller Welpen freut sich nämlich nur einer: der Göttergatte. Und so kommt es, dass wir am Morgen des Fünfzigsten eine Riesendiskussion vom Zaun brechen, denn das einzige Geschenk, das ich wirklich wollte, war ja ein Welpe. Ich weiß, ich weiß, am Ende habe ich mich aus sehr guten Gründen gegen Amy entschieden, aber irgendwie macht sich jetzt hier Abschiedsfrust in mir breit und der Göttergatte dient zu seinem Leidwesen als Puffer für meine Welpenfrustration. Um dem Ganzen die Krone aufzusetzen, taucht unser Sohn zum gemeinsamen Frühstück und Bummeln in der Stadt auf und erlebt unsere Diskussion (der genauere Beobachter würde sagen, wir streiten) mit. So ist bei uns dreien die Stimmung nicht gerade auf dem Höhepunkt und irgendwie gehen wir alle ein bisschen genervt in die nächstgrößere Stadt, um dort missmutig den Versuch zu starten, ein Geschenk zu finden, dass einem Welpen ebenbürtig ist. Ich entschuldige mich an dieser Stelle noch einmal bei meinem Sohn, der ja seinen freien Tag für die alte Mama geopfert hat, um mir eine Freude zu machen. Übrigens sind wir am Ende dann doch fündig geworden und ich durfte mir ein paar wirklich schöne Klamotten kaufen. Kleiner Trost am Ende des Tages. Neben dem üblichen Putzen des

Welpenstalls, dem Füttern der drei verbliebenen Welpis und so weiter und so weiter verbringen wir den Abend mit meinem Papa und holen uns etwas Leckeres zu essen.

Heute ist nicht mein Geburtstag, der war nämlich schon vor zwei Tagen. Heute stehen mehrere Ereignisse an. Zum einen hat meine Schwiegertochter in spe aller Wahrscheinlichkeit nach vor ein paar Tagen ein Kleid in einem Brautmodenladen entdeckt und möchte dies nun ihrer Mutter, mir und der zukünftigen Trauzeugin vorführen. Und zum anderen haben wir für heute Abend ein paar Freunde zum Feiern des Fünfzigsten eingeladen. So richtig groß feiern werde ich nicht. Es stand die Entscheidung zwischen einer großen Feier unserer Silberhochzeit, die am Anfang des Monats war, oder meines Geburtstags. Ich habe mich für die Silberhochzeit entschieden, da ich finde, dass Ian und ich beide gemeinsam etwas feiern sollten, das wir auch gemeinsam erreicht haben. Diese Feier findet allerdings erst im Oktober nach unserem Urlaub statt. Dennoch kommen heute Abend so um die 20 Leute zu uns und die wollen verköstigt und bespaßt werden. Das bedeutet noch eine Menge Arbeit.

Die größte Überraschung macht mir am Morgen dann aber doch der Göttergatte. Kurz nach dem Aufwachen holt er aus dem Nachttisch eine Kette heraus, die wir vor einigen Wochen mal gemeinsam bei einem Juwelier bewundert hatten und deren Erwerb für mich, ob des für unsere Verhältnisse exorbitant hohen Preises, nicht in Frage kam, und übergibt sie mir mit den Worten „Happy Birthday, Prinzessin". Ich bin sprachlos. Auch weil ich den Preis der Kette kenne und mich frage, ob der Gemahl vielleicht nebenbei irgendwelche illegalen Geschäfte am Laufen hat. Ich schwanke zwischen Umtauschen und Behalten und denke aber dann, dass mir als

Entschädigung für die kleine süße Amy auf jeden Fall etwas mehr als nur ein paar Schuhe zustehen sollte.

Nach dieser Überraschung geht es dann nach Gelsenkirchen-Buer und meine Schwiegertochter sieht in ihrem Brautkleid einfach wunderschön aus. Wunderschön ist auch dessen Preis. Dann kommen noch Schleier, Schuhe und andere diverse Kleinteile dazu und schon könnte man von dem Geld mehrere Ketten für mich kaufen. Doch da gibt es kein Diskutieren. Das Kleid ist so schön, das ist jeden Cent wert. Ich bin glücklich, mit den drei Frauen unterwegs zu sein. Ich weiß, dass Aarons Abschied vor der Tür steht und in ein paar Tagen auch Abbey und Lucy gehen werden. Da tut es einfach gut, die Zukunft zu planen und sich auf das nächste Jahr und die anstehende Hochzeit zu freuen.

Den Nachmittag verbringen Ian und ich im Vollstress. Drei Welpen, die in der Küche um unsere Beine wuseln, Lilli und Loui, die ja auch ihr Recht einfordern, meine Mutter, die noch im Krankenhaus besucht werden muss und sich über jeden Besuch freut, mein Vater, der sich auch schon mal einsam fühlt, seitdem seine Frau nicht mehr Zuhause ist und daneben die Vorbereitung von Fressalien für 20 Leute fordern eben ihren Tribut. Am Abend bin ich total fertig. Das Essen wird wirklich kurz vor knapp fertig und ich hoffe, dass es allen schmeckt und frei von Welpenhaaren ist. Nicht dass die drei mit ihren Pfoten das Essen umgerührt haben, aber bei drei wuseligen Welpen und der Mama, die ja auch ein seidenweiches längeres Fell hat, fliegen die Haare schon mal hier und dort herum. Der Besuch kommt und das beste Sozialisierungstraining für kleine Babyhunde ist nun einmal viele Menschen um sie herum. Dabei habe ich allerdings nicht berücksichtigt, dass nicht alle Besucher so hingebungsvolle Hundeliebhaber wie wir sind. Ein befreundetes Pärchen versucht immer wieder, vor unseren drei apokalyptischen Reitern, wie ich die Welpen manchmal liebevoll nenne, zu fliehen. Ich liebe ihr Gesabber, ihr Gekämpfe und Geknurre, die Häufchen müssen nicht sein, werden aber von mir in Kauf genommen. Allerdings findet das eben nicht jeder so niedlich. Gegen 22 Uhr ist daher auch für die Bande Schicht im Schacht und es geht ab ins Welpenhäuschen. Dort fallen die drei aber auch nach ihrer Abendmahlzeit praktisch am Napf um und schlummern sanft und selig ein.

Ich genieße derweil den Rest des Abends und finde es toll, meinen Fünfzigsten mit fünf Hunden gefeiert zu haben. Einer für jedes Lebensjahrzehnt gewissermaßen.

DER NÄCHSTE BITTE

Heute ist Montag und die Routine des Züchterdaseins nimmt ihren Lauf. Nach dem Aufstehen werden gemeinsam mit Lilli die Welpen zu uns herübergeholt, Futter wird kleingehämmert, das Welpenhäuschen ausgespritzt und gesäubert, Häufchen in der Wohnung gesucht, eben business as usual. In all der Routine erreicht mich ein Anruf von Aarons neuem Herrchen. Ich bin einerseits erleichtert, dass die Familie sich meldet und versuche anderseits, sehr distanziert und cool zu wirken, um klarzustellen, dass ich mir hier mehr Engagement gewünscht hätte. Das neue Herrchen erzählt mir, dass die Familie noch im Urlaub war (ach ja, das hatte ich ja ganz vergessen) und merkt natürlich, dass ich hier ein wenig zickig bin. Gut, dass Ian nicht hier ist. Der würde mich wahrscheinlich unentwegt vors Schienbein treten, aus Angst, dass Aaron am Ende, ob meines blöden Verhaltens, nicht abgeholt wird. Das neue Herrchen ist für alles offen und schlägt vor, dass ich einen ganzen Sack von unserem

Hundefutter hole, damit Aaron auch weiterhin das gute Hundefutter bekommt. Mist! Ich hatte so gehofft, ein Schlupfloch zu finden, um das kleine Männlein doch erstmal hierzulassen, aber der neue Hundepapa wirkt so besorgt und engagiert, dass mir eigentlich nichts anderes übrig bleibt, als einen Termin auszumachen, damit er Aaron morgen abholen kann. Ich schaue während des Telefonats den kleinen Wurm an und sage „hello again" zu meinem Kloß im Hals. Ich lege auf. Morgen schon? Hatte ich da nicht 150 Termine bei Ärzten, Pfarrern, Fußpflege und anderen Menschen und eigentlich überhaupt gar keine Zeit, um einen Welpen in seine neue Familie zu übergeben? Langsam wird mir klar, dass nichts und niemand mich vor dem erneuten Abschied retten kann. Ich nehme den kleinen Mann auf den Arm, küsse ihn sanft auf sein seidenweiches Köpfchen und heule ein bisschen. Aaron war immer so ausgeglichen und ruhig. Ein Fels in der Brandung. Was wird ihn in seinem neuen Zuhause erwarten? Wird er dort auch gekuschelt werden? Werden die neuen Besitzer ihn genauso lieben wie ich? Später weiß ich, dass sie genau die richtige Familie für den kleinen Mann sind. All die vielen Mails und auch Anrufe, die ich von seiner neuen Familie erhalte, beweisen es mir wieder und wieder, aber das kann ich zum jetzigen Zeitpunkt natürlich nicht ahnen. Und so mache ich also mit meiner Arbeit weiter und hoffe, dass der Abschiedsschmerz dadurch ein kleines bisschen abnimmt.

Einen Tag später heißt es dann auch „Auf Wiedersehen, Aaron", der ja jetzt Anton heißt. Unsere Hundehebamme Michael ist hier, um den Abschied zu begleiten. Ian muss arbeiten. Er meint, irgendwer sollte in dieser stressigen Zeit die Routine aufrechterhalten. Und so muss ich diesen Abschied irgendwie alleine durchstehen. Am Morgen habe ich noch einen Fünfzehn-Kilo-Sack Hundefutter besorgt.

Natürlich mit Quittung, muss ja alles seine Richtigkeit haben. Ich habe meine Abschiedsstunde mit Aaron verbracht und ihm erzählt, dass er jetzt sehr tapfer sein muss, aber dass der Abschied eben unvermeidlich ist. Wahrscheinlich habe ich mehr zu mir selber als zu dem kleinen Kerlchen gesprochen. Der ist eh nicht so wirklich an meinen Abschiedstiraden interessiert. Dass seine zwei Geschwister gemeinsam mit der Mama im Wohnzimmer um einen alten Socken kämpfen, ist doch viel interessanter, als der alten Züchterin zuzuhören. Sei es, wie es sei. Pünktlich um zwölf stehen die neuen Besitzer auf der Matte. Sie kommen zu zweit, damit einer von ihnen Aaron auf dem Rücksitz halten kann, um die lange Autofahrt Richtung Rheinland zu erleichtern. Auch hier gilt: business as usual. Welpenbrief, Futter, Erläuterungen zum Futter, Abschiedsfoto. So langsam kommt bei mir eine gewisse Routine auf. Ich weiß nicht, ob das gut oder schlecht ist. Ich begleite die neuen Besitzer noch bis zum Auto, versuche mich zusammenzureißen und winke noch, um dann unter Tränen zurück ins Haus zu gehen. Meine liebe Nachbarin Ingrid kommt heraus und tröstet mich. Michael hingegen meint ganz männlich, dass es doch gut ist, dass der Kleine so ein tolles Zuhause gefunden hat. Für mich eher ein schwacher Trost, aber ein Trost ist es dann doch.

DA WAREN ES NUR NOCH ZWEI

Jetzt sind von der Bande tatsächlich nur noch zwei Mädels übrig. Ich habe inzwischen mehrmals mit den neuen Herrchen und Frauchen, der bereits ausgezogenen Welpen telefoniert und soweit scheint alles im grünen Bereich zu sein. Alle Welpen scheinen gut angekommen zu sein. Es gibt natürlich den Gewöhnungsprozess an einen Welpen und umgekehrt eines Welpen an seine neuen Besitzer, aber alles in allem nichts wirklich Dramatisches. Die Welpen fressen, pupen, erkunden ihr neues Zuhause, haben manchmal auch Abschiedsschmerz, der dann aber von den neuen Familien sehr professionell aufgefangen wird. Ich bin auch stolz auf die neuen Herrchen und Frauchen. Sie meistern die neue Lebenssituation mit einem Welpen im Haus sehr gut. Alle haben Urlaub oder sind sowieso zuhause vor Ort, damit die neuen Familienmitglieder möglichst wenig alleine sind und somit auch möglichst wenig Blödsinn anstellen oder Heimweh bekommen können. Die Stubenreinheit wird wohl noch einige Zeit in Anspruch nehmen, aber die große Motiviertheit der neuen Hundeeltern wird auch damit fertig werden. Die beiden letzten in der Runde, Abbey und Lucy, haben den Welpenschwund sehr gelassen hingenommen. Zur Nacht gehen beide ganz lieb ins Welpenhäuschen und kuscheln sich im Körbchen aneinander, in der Sicherheit, dass am nächsten Morgen Mama Lilli und Interim-Frauchen Christine die beiden auf jeden Fall wieder mit ganz viel Liebe versorgen werden. So geht das Leben mit nur noch zwei Babys weiterhin seinen Lauf. Ich würde es Ian gegenüber natürlich nie erwähnen, da ich auch alle sechs Welpen behalten hätte, aber es ist schon eine Erleichterung, jetzt nur noch die Ausscheidungen von zwei Welpen entsorgen zu müssen. Auch das Welpenhäuschen muss ab sofort nur noch alle zwei Tage geputzt werden, was für mich eine enorme Arbeitserleichterung bedeutet. Futter muss ebenfalls nur noch für zwei Welpen klein gehämmert werden. Auch hier merke ich schnell, wie entlastend sich das anfühlt.

Für mich läuft jetzt der Countdown. Ich bringe meine Mama zur geriatrischen Komplexbehandlung, so nennt man das „Tunen" von älteren Menschen nach schwerer Erkrankung, in das nahe gelegene Krankenhaus mit

Geriatriestation. Hier soll versucht werden, ihre noch vorhandenen motorischen und geistigen Fähigkeiten zu erhalten und verloren gegangene neu zu erlernen. Ich hoffe das Beste. Ich liebe meine Eltern und es fällt mir in diesem Jahr extrem schwer, sie so bedürftig und hilflos zu erleben. Auch mein Vater leidet unter der neuen Situation. Ich stelle fest: Es fehlen wie immer Klamotten, die krankenhaustauglich sind. Also wieder losfahren und suchen. Zum Glück hat einer der tollen großen Discounter mit den tollen wöchentlichen Angeboten zufällig Joggingkleidung in großen Größen im Angebot. Ich schlage dort erst einmal richtig zu.

Die Tage rennen mit allen Aufgaben nur so dahin. Wir nehmen die beiden Kleinen, da sie ja schon seit einiger Zeit ihre erste Impfung haben, schon mal mit auf unsere allabendlichen Runden mit Lilli und Loui. Natürlich ist die Runde, die wir laufen, viel zu lang für die Welpen, aber dafür sind wir ja zu zweit und tragen die Racker zwischendurch immer wieder, sodass der Spaziergang eher moderat ausfällt. Die Faustregel besagt eigentlich, dass man einen Welpen für jeden Lebensmonat, den er alt ist, ungefähr 10 Minuten am Stück spazieren führen kann. Das bedeutet, dass unsere beiden Welpen alles in allem gute 20 Minuten spazieren gehen können, da sie ja schon über zwei Monate alt sind. Mit 25 Minuten tragen und 20 Minuten laufen bekommen wir unsere Runde gut hin und sind auf jeden Fall der Renner unter den Hundespaziergängern. Glauben Sie mir, mit zwei Golden Retriever Welpen im Schlepptau kommt man nicht weit. Man trifft immer wieder auf andere Spaziergänger, die schon von Weitem rufen „Sind die süß!", gefolgt von Streicheleinheiten, die alle unsere Hunde (alle bis auf unseren kleinen Mischling Loui) begeistert annehmen. Dann gibt es ein Gespräch und genauere Erläuterungen zu unserer Zucht und am Ende sammeln wir beide Welpen wieder ein und gehen weiter, bis wir auf die nächsten Spaziergänger treffen. Selbst solche, die uns ohne Hund entgegenkommen, lächeln, wenn sie die beiden Zwerge sehen.

Zur Sicherheit haben wir zwei alte kurze Leinen zur Schleppleine umfunktioniert, man kann ja nie wissen, aber die beiden rasen vergnügt hinter Mama Lilli und Onkel Loui her und lassen sich auch ohne Probleme wieder einsammeln.

Der Herbst wird auf jeden Fall spürbar. Bei den Abendspaziergängen wird es früher dunkel und wir müssen uns beeilen, um die Spaziergänge noch im Hellen beenden zu können. Die Luft riecht nach heruntergefallenem Laub und Abschied vom Sommer.

Abschied steht jetzt auch für uns an. Wir schreiben den zweiten Oktober und morgen werden auch die letzten beiden Welpen das Haus verlassen. Ich würde heute Nacht am liebsten auch im Welpenhäuschen schlafen und eiere noch mit allen Hunden im Schlepptau in der Wohnung herum. Übermorgen werden wir nach Holland fahren. Zum einen, um uns von dem Stress der letzten Monate zu erholen, aber zum anderen auch, damit weder Lilli noch ich im welpenleeren Haus einen Koller bekommen. Ich mache mir auch Gedanken um unsere Supermama Lilli. Immer noch erwischen die zwei Mädels die eine oder andere Zitze und Lilli ist ein Musterbeispiel an Mutter und lässt die beiden dann auch trinken. Sie spielt hingebungsvoll mit ihren Töchtern auf der Wiese und nach erfolgreichem Tobespiel wird dann auch gemeinsam Siesta gehalten. Wie wird Lilli wohl den Abschied verkraften? Ich bin mir nicht sicher und hoffe, dass wir beide gut durch die nächsten Tage kommen werden.

FINALE

Der endgültigste aller Abschiedstage ist gekommen. Heute werden auch Abbey und Lucy in ihre neuen Familien umziehen. Es ist abgesprochen, dass zuerst Abbey von ihrem neuem Herrchen und Frauchen abgeholt wird und wir dann Lucy zu ihrer neuen Familie nach Essen bringen werden. Ich habe Welpenbrief, Impfpässe und Futterpaket schon am Vorabend fertiggestellt und dabei noch so viel Zeit wie möglich mit den Babys verbracht. Es gab dann schon das eine oder andere Leckerchen zwischendurch und selbst unser kleiner Loui, der die Welpen gerne auf Distanz gehalten hat, scharwenzelt begeistert zwischen ihnen herum, denn es gibt hier Leckerchen in Hülle und Fülle. Irgendwie musste ich ja sicherstellen, dass die beiden Mädels mich in bester Erinnerung behalten.

Wir machen wieder Bilder von beiden Hunden, Bilder von Lilli und den Welpendamen, Bilder von mir und den Welpen, Bilder von Ian, Lilli und den Welpen. Es scheint, als wollten wir jetzt, im Moment des Abschieds, noch einmal alle Perspektiven, die es geben könnte festhalten. Ich weine wieder auf den Fotos. Abbey findet das gar nicht toll. Die Frau hält sie im Arm, heult dabei und versucht sie auf den Kopf zu küssen, wo doch zu ihren Füßen das wilde Leben tobt. Lucy und Lilli zerren gerade an einem Spielzeug herum und da empfindet es Abbey offensichtlich als Zumutung, jetzt hier still und brav Modell zu stehen. Also machen wir schnell ein paar teilweise sehr verwackelte (weil der Welpe teilweise sehr wackelig ist) Bilder mit Heulgesicht vom baldigen Ex-Frauchen. Es finden wieder Ermahnungen seitens des Göttergatten statt, doch diesmal beim Öffnen der Tür bitte nicht in Tränen auszubrechen, darauf folgen wie schon bei den vergangenen vier Malen böse Blicke meinerseits und so kriegen wir die Zeit bis 10 Uhr schnell herum.

Um 10 Uhr, pünktlich wie die Maurer, steht Frau Peters mit Partner hier auf der Matte. Mist, ich hatte ja so auf eine weitere Gnadenviertelstunde gehofft. Und wie sollte es auch anders sein, öffnen sich zusammen mit der Haustür auch alle Tränenkanäle bei mir. Aber auch da herrscht mittlerweile eine Art von Routine und so sind die Tränchen diesmal auch schneller getrocknet. Wir besprechen die Fütterung, den Welpenbrief, sonstige Wichtigkeiten und die noch fehlenden Papiere vom Zuchtverband. Diese werde ich, sobald ich sie vom Zuchtverband zugeschickt bekommen habe, per Einschreiben an die Käufer weiterleiten. Lilli freut sich über unseren Besuch und wuselt schwanzwedelnd um uns herum. Gleichzeitig versucht sie mehr oder weniger erfolgreich, Abbey und Lucy abzuwehren, die, obwohl schon über zehn Wochen alt, immer noch versuchen an Lillis Zitzen zu trinken. Ich stelle auch jetzt, so kurz vor Abgabe fest, dass ich eine Mini-Mutter-Theresa in Hundeform habe. Viele Hündinnen beißen ihre Welpen irgendwann weg, weil das Saugen und Zerren an den Zitzen mit den scharfen Milchzähnchen sehr weh tut. Nicht so unsere Lilli. Sie versucht zwar auch, den Welpen auszuweichen und grault auch schon mal ein bisschen, hält dann aber doch kurzzeitig still und lässt die beiden Mädels trinken. Für Lilli ist es auf jeden Fall gut, dass jetzt Ruhe einkehrt, denke ich, während ich dem Gewusel so zusehe.

Schließlich geht Familie Peters mit Abbey, vielen guten Ratschlägen und den Futter- und Welpenutensilien unterm Arm nach Hause. Ich stehe hinter der Haustür und heule mal wieder. Die liebe Leserschaft möge es mir verzeihen, solche

Mengen an Tränen aushalten zu müssen. Abschiede von kleinen knuddeligen Welpen sind eben nicht so meine Sache.

Lilli und Lucy scheint der Abschied von Abbey wenig auszumachen. Die beiden toben noch ein wenig herum, um sich dann hinzulegen und ein kleines Nickerchen zu halten. Unser Mischling Loui feiert derweil auf der Couch eine Party, denn die beiden haben ihn in den letzten Tagen immer wieder ordentlich geärgert. Jedes Mal wenn er seinen sicheren Platz auf der Couch verlassen hatte, um zu saufen oder ein bisschen im Garten zu chillen, hatte er die beiden Mädels am Pelz kleben. Wenn wir das mitbekommen haben, gab es für die beiden auch jedes Mal eine Ansage und teilweise hat sich unser Loui auch mehr oder weniger vehement zur Wehr gesetzt. Alles in allem hatte er aber schon einen gewissen Leidensdruck und auch für ihn wird es höchste Zeit, dass Ruhe einkehrt. Abbey und Lucy sind ja mittlerweile fast genauso groß wie er und es fällt ihm immer schwerer, den beiden etwas entgegenzusetzen. Davon abgesehen hasst er Fremde im Haus und war bei all dem Besuch der letzten Wochen schon gestresst. Wir haben ihm in der ganzen Zeit auch in der oberen Etage einen Rückzugsort geschaffen, aber den hat er eben doch nicht immer genutzt. Auch ein kleiner gestörter Mischling wünscht sich von Zeit zu Zeit etwas Kontakt zur Außenwelt.

Wie dem auch sei, jetzt schlafen alle drei friedlich und da wir weder Abbey noch Lucy heute Morgen gefüttert haben, damit die beiden während der Autofahrt ins neue Heim möglichst nicht brechen müssen, ist jetzt ein guter Zeitpunkt die kleine Maus nach Essen zu bringen.

Ian und ich packen Lucys Siebensachen und machen uns mit der Maus auf den Weg. Lilli läuft mit zur Haustür und guckt schon ein bisschen verunsichert, als wir diese dann hinter uns zuziehen und sie mit Loui daheim bleibt. Für uns gilt jetzt, Augen zu und durch. Ich setzte mich mit Lucy auf den Rücksitz und diese genießt die Autofahrt richtig. Sehr schön, dann hat sich das Autofahrtraining doch bezahlt gemacht.

Wir erreichen Familie Köster nach 20 Minuten und es ist so ein schöner sonniger Herbsttag. Meine Vernunft sagt mir, dass es richtig ist, dass auch der letzte der Mohikaner jetzt in sein neues Zuhause kommt, aber diesmal stehe ich beim Klingeln nicht heulend hinter, sondern vor der Haustür. Myriam macht mir freudestrahlend auf und Lucy freut sich auch, ihr neues Frauchen wiederzusehen. Die beiden kennen sich von den vielen Besuchstagen schon sehr gut, was mir den Abschied sehr erleichtert.

Wir dürfen die Wohnung und alle für Lucy angeschafften Utensilien bestaunen. Ein tolles Körbchen, Näpfe, Spielzeug, es ist fast wie im Hundeladen. Auch der Garten wird uns noch einmal gezeigt und Lucy rennt schon begeistert darin herum.

Im Haus klären wir dann die restlichen Formalitäten und dann ist auch eigentlich alles erledigt. Ich schlucke schwer, weiche Ians bösen „Du wirst jetzt nicht schon wieder heulen"-Blicken aus und fange an, mich zu verabschieden. Erst von Lucy, dann von der neuen Familie und dann noch mal von Lucy. Ian schiebt mich zum Auto, wir winken und sind unterwegs. Ich sehe hinter mir eine glückliche Familie mit einem glücklichen Welpen auf dem Arm.

Ich fühle mich betäubt, traurig und leer. Wie soll ich denn jetzt weiterleben? Zugegeben, das ist etwas melodramatisch, aber in diesem Moment fühlt es sich so an.

Der Göttergatte redet über alle Aufgaben, die wir heute noch zu erledigen haben, denn wir haben für morgen geplant, unseren verpatzten Sommerurlaub in Holland nun im Oktober nachzuholen. Es muss noch gepackt, meine Mama besucht und mein Papa bekocht werden, eigentlich alles wie gehabt, nur ohne zwei kleine Fellknäuel dabei zu haben. Zeit, um wirklich traurig zu sein, bleibt heute wenig.

Auch für Lilli scheint die Welt für einen Augenblick nicht mehr in Ordnung zu sein. Sie läuft durch die Wohnung, läuft nach draußen zum Welpenhäuschen, sucht wieder im Haus und merkt, dass hier etwas nicht stimmt. Loui hingegen genießt es förmlich, sich jetzt wieder überall frei im Haus bewegen zu können. Er begrüßt uns schwanzwedelnd und freut sich über seine wiedergewonnene Ruhe. Lilli wird mit einem schönen Spaziergang und Leckerchen abgelenkt und wirkt später wieder entspannter.

Beim Spazierengehen am späten Nachmittag treffen wir auf unserer Runde einige nette Hunde- und Herrchen/Frauchenbekanntschaften und da diese unsere beiden Mädels vermissen, kommt bei mir jetzt auch Abschiedsschmerz durch. Nicht nachdenken, weitergehen lautet die Devise.

Wir packen bis in den späten Abend alles ins Auto und fahren am Sonntagmorgen in aller Frühe los. Eigentlich gut so, denn so bleibt weder Lilli noch mir Zeit, um lange nachzugrübeln und ein Ortswechsel hat eigentlich immer gut getan und geholfen. Holland wir kommen…

EPILOG

Nach zehn wirklich wunderschönen und erholsamen Tagen am Meer, mit vielen langen Spaziergängen am Strand, Radtouren im strahlenden Sonnenschein, gutem Essen in kleinen gemütlichen Restaurants, Lesen, Chillen und tatsächlich auch noch im Garten in der Sonne liegen, landen wir am frühen Nachmittag wieder in Herten.

Lilli hat im Urlaub scheinbar keine Minute mehr an ihre Welpen gedacht. Es mussten Stöckchen, Frisbees und ein Stückchen eines am Strand gefundenen Fischernetzes aus dem Wasser apportiert werden. Das hat unser Mädchen jeden Tag mit großer Hingabe erledigt. Ansonsten gab es lange Spaziergänge im angrenzenden Naturschutzgebiet, Häschen jagen und sich ordentlich knuddeln und streicheln lassen. Mit Loui wurde, wie in alten Zeiten, gemeinsam auf der Couch gekuschelt und es gab natürlich für beide die eine oder andere außerplanmäßige Leckerei.

Wieder daheim steht Lilli schwanzwedelnd vor der Tür und wartet ungeduldig darauf, dass ich diese aufschließe. Im Haus läuft sie zielstrebig zur Terassentür und wartet wieder ungeduldig darauf, dass auch diese von mir geöffnet wird. Ich frage mich, ob der Hund jetzt doch, trotz mehrerer Pausen, noch einmal muss und öffne die Tür zum Garten. Wie der Blitz rennt Lilli nun sofort zum Welpenhäuschen und auch hier wieder das gleiche Spiel: ungeduldiges Warten auf Frauchen. Ich komme hinterher und öffne ihr die Tür. Sie läuft sofort hinein, sucht, schnuppert den Boden ab und kommt dann leicht irritiert zurück zu mir. Ich streichele sie und erkläre ihr, dass alle Welpen nun in ihrem neuen Zuhause sind und dass es ihnen gut geht. Sie schaut mich lange und intensiv an. Mir ist das fast unheimlich. Dann, als wäre nichts gewesen, geht sie in den Garten und ab diesem Moment hat das

Welpenhäuschen keine Bedeutung mehr für sie. Da soll mir noch einmal jemand sagen, dass Hunde kein Lang- oder Kurzzeitgedächtnis haben. Ich staune einmal mehr über meine kluge Hündin.

Jetzt heißt es erstmal auspacken und zuhause ankommen. Aber eines ist sicher:

Nach dem ersten Wurf ist vor dem zweiten Wurf. Mal sehen, was für Schätze in Zukunft noch auf uns warten werden.

DANKSAGUNG

Ich bin vielen Menschen, die mir bei der Entstehung dieses Buches geholfen haben, sehr dankbar:

Ian, meinem „Göttergatten", der mit so viel Liebe, Hingabe und Geduld nicht nur der beste Ehemann der Welt, sondern auch ein toller Welpenpapa ist,

Jonas, unserem Sohn, für seine Unterstützung bei allen Würfen und seiner tollen und kreativen Mitarbeit beim Korrekturlesen dieses Buches,

Michael, dem besten Freund, Hundesitter und Geburtshelfer bei den „Golden Valley Retrievern"

Sabine Pohlmeyer und ihrer schönen Hündin Bellina von Ossi Ostfriesland, ohne die es Lilli gar nicht geben würde, und die mir mit vielen guten Ratschlägen zur Seite gestanden hat,

Marion, meine Züchterkollegin von den „Retrievern of Lemontree", die mir nicht nur durch ihren Beistand während der Geburt der Welpen und ihrer Unterstützung in der Zeit danach eine gute Freundin geworden ist,

Meinen guten Freunden **Marita, Gabi, Andrea, Ralf, Klaus, Jana, den Zimmermännern** und allen die mit Rat und Gebet in dieser Zeit für uns da waren,

allen **Welpenkäufern aus dem A-Wurf** - Ihr seid die besten Hundemamas und -papas die ich mir für meine Babys wünschen konnte -,

Dem Team von **Mentorium**, **BoD** und **Typoliner Recklinghausen** für ihre Hilfe bei der Umsetzung dieses Buches.